100 Years of Okinawa Literature

沖縄文学の一〇〇年

仲程昌徳

ボーダーインク

目次

はじめに

「琉球」が、「沖縄県」として日本国の一県に編入されたのは一八七九年。その年は、いわゆる「琉球処分」と呼ばれる歴史的事件の終結した年だが、琉球国王の首里城退去により「琉球国」が解体してからちょうど三〇年目に当たる一九〇九年四月一六日付の『沖縄毎日新聞』は、実に注目すべき随想を掲載していた。

「獄色潮声」と題された一篇で、筆者は伊波月城《いはげつじょう》である。月城はそこで一九〇九年は「沖縄に於ける文芸復興の第一年だと見て差し支えない」と宣言していたのである。

「獄色潮声」は、「琉球固有のものは、すっかりぶち殺さなくてはならないという浅薄なる国家主義のために一時大打撃をこうむっていた琉球文芸は今春になって復活して、来る十八日には三十六島の詩人らが奥武山公園に集まって連合琉歌大会なるものを開催することになっている。これ実に琉球民族が各自の立脚地を知って精神的に復活した証拠で」あると書き出され、「明治四十二年は沖縄に於ける文芸復興の第一年と見て差し支えないと思う」と続けていたのである。

ここには「琉球処分」後の一世代目が、強圧的な同化政策によっていかに偏頗《へんぱ》な歩みを強いられてきたかという思いがつよく刻まれていたといっていい。それが二世代目に入って、情況に大きな変化が生じてきたことを実感したのである。

伊波は、その変化を「連合琉歌大会」の開催に見ていたことから、「琉歌」について論じていくことになる。普通八八八六、四句三〇音の形式からなる「沖縄口」歌を「琉歌」と呼ぶが、伊波は、それを「琉歌」と呼ばず「三十字詩」と呼ぶ。

「琉歌」を「三十字詩」と呼ぶようになるのは、伊波あたりからである。伊波は「三十字詩」には「二つの系統がある」といい、その差異について論じていく。伊波によれば、一つの系統は「幾分か日本思想の影響を受けている」もので、あと一つの系統は「純琉球趣味のは《ママ》れてあくまでも地方的珠色を現している平民文学」であるという。前者を代表するのが遊女よしやで、後者を代表するのが「沖縄のサッポーともいうべき詩人」恩納《おんな》なべであるという。そして、伊波は「現今の琉歌詩人の八九分通りは所謂古典派に属すべきもので、いつわりなく自己の感情を吐露した詩人はあまりいないようである」といい、「明治時代の琉歌に日本思想の影響を受けない詩人がいたとすれば昨年物故された金武朝芳」だとした。金武の歌は「すらりとしてちっとも苦心のあとがない」とその特徴について触れたあと、伊波は「十八世紀の末にフランスの思想界が理の一方に偏した時にルソーが出で〻『自然に帰れ』と絶叫した結果、所謂ローマンチックの風潮はフランスのみならずドイツは勿論海峡を越えて英国までも征服してバイロン、セレー、キーツの徒を生み出した。自分は琉球文芸のためにもルソーが出現せんことをのぞむのである」と「獄色潮声」を閉じていた。伊波は一九〇九年を「文芸復興の第一年」だと言挙げし、「琉歌」の二系統について論じたあと、「琉歌」詩人への要望でもって随想を閉じていたのであるが、伊波の論が、注目されるのは、前年の一九〇八年一〇月一二日付『琉球新報』に六角生の「落莫たる文壇」が発表されていたからである。「落莫たる文壇」が半年後には「文芸復興」というかたちで取り上げられていたのである。

六角生の文章は、琉球きっての歌人護得久朝置《ごえくちょうち》が死去して沖縄の文壇は落莫たるものになってしまったというものである。彼はそこでまず、現今の歌について「朗詠」に堪えられるものがないという「定評」は、優れた歌がないということだと断定する。そして琉球処分後「普通語と言う当世思想を言い表すに適当なるランゲージが輸入され」、人々もそれに頼ろうとする風潮がでてきたことを思えば、それが「琉語をもって言い表すところの琉歌なるものの発達」にとって「一大障害」にならないはずはないといい、さらに加えて、

「この普通語なるものがよく円熟して使用せられてでもおれば」「新たなる詩形をとりて新時代の新思想を歌いだすことも出来得るかも知れないが、肝心要の琉語が次第に廃滅の度を加え」つつあるにも関わらず「その代わりとして使用せらるゝ普通語が甚だ不調法な有様に使われている」といい、さらにたたみかけるようにして、「この不熟練なるランゲージの使用」が「琉語の使用上又は琉歌の上に影響するところは決して少な」くないはずだとし、琉歌に名作がないのは、「言語に苦悶」しているからだとした。

「琉語」と「普通語」への対応で「詩はいよいよ乱雑になり、不調子になりいくのではあるまいか」という危惧とともに、「今日以後到底琉歌の名品は出でぬであろうか、否か、又この障害多き時代に琉歌に心を用いるのが果たして得策なるや否や、琉球文壇のため果たして成功の手段ということが出来るであろうか。吾人はここ暫くのところ、文界の落莫を感ずる外はなかろう」と慨嘆していた。

六角生は、時代が「琉語」から「普通語」に変わっていく中で、琉歌に心を砕くことが果たして良いことなのかどうか、という以上に「琉歌」は生き残れるか、といった大切な問題を提起していた。

「沖縄口」の代表的な表現である「琉歌」に関する疑問は、六角生にだけあったのではない。彼の論が出てくるひと月前の九月一五日、真境名笑古《まじきなしょうこ》が「琉歌の解釈について」のなかで、「狭義に於ける琉歌すなわち三十字詩の生命は何時まで生き延びるのであろうか。或いはすでに過去に花を咲かせたばかりで将来発達はどうであろうか。三十字形外の長歌は現今ほとんどその痕跡を絶ちてただ古書中に形骸を留めるばかりであるか、それともこの短詩だけはやや余命を繋いで歌壇を賑わすことがあろうか」とその先行きを危惧していた。

六角生の問題提起は、笑古の言葉を受けてのものであったとみられないこともない。二人の論を見る限り、琉歌の前途は暗澹たるものだが、伊波の論は、そのような危惧を吹き飛ばすものだったのである。

伊波が注目した「連合琉歌大会」の開催を機に、各地で琉歌結社が結成され、「琉歌」が盛んになっていく。

沖縄の文芸界は、一九〇九年頃になると、伝統的な「沖縄口」詩歌が息を吹き返していくだけでなく、「大和口」になる表現も盛んになり、一方に「沖縄口」表現になる文学、他の一方に「大和口」表現になる文学というようにそれぞれが競い合うようにして沖縄初といっていい、文学の隆盛期を迎えることになるのである。

1、一九一〇年前後の文学

伊波月城が、「文芸復興の第一年」をうたい、「琉歌」を「三十字詩」と呼んだ、その声に呼応するかのように、二カ月後の六月二八日には、「てふしん生」の「緑陰芸語（琉歌について）」が『琉球新報』に掲載される。

「てふしん生」は、そこで「琉球文学の花である琉歌は非常に盛んになった。しかし詠者は老人か保守的傾向の人である。予はこれを旧派と称する。旧派の性質は、多方面から観察することが出来る。一言でいふたら作歌する場合、標準を外に置く事にある」といい、例をあげて見せる。そして彼らの歌を超えるには題詠によらず、型にとらわれず、「琉歌創造時代」に立ち返り、「自由にうたう」ことだといい、「今の新時代の青年が、六七十年前に歌った人々の持ったような趣味の型におしこめられ、しかも典拠のある詞に使われるというのはつまらないではないか。自分は切に歌人に清新なる境に立ち入って天地の新光景に触れて、そしてとらえられざる情緒そのまゝの純新なる歌をうたってもらいたいことを切に希望する」と訴えていた。

「てふしん生」は、その後「万緑庵《ばんりょくあん》」に筆名をかえ、本格的な旧派批判を展開していく。彼が旧派としてあげたのは、西林、糸満、日曜、奥武山の諸琉歌会であった。それらの琉歌会に属する歌人たちが旧派たるゆえんは、題詠にとらわれているからだとし、「詩歌というものは古今の序にもある通り、吾々が人生に対し来ったことを何にとらえらるゝ所なくさながらに歌うものだ。そしてその立場からして遂に笑古、月城の先達が歴史の権威を離れて、新時代の人の胸に満ち満ちた情緒で、何ものにも覆われず何物にも曲げられず、吾々の情緒さながらを作としたのである」といい、新派の代表に笑古、月城の二人を上げる。

(1)なかべ飛びわたる白雲にのぼてうさねしち見ぼしゃ塵のちまた（月城、一九〇五年）
(2)硝子窓もれる洋琴《おるがん》の音も芭蕉の葉の雨に絶えていきゆさ（柳月庵　一九〇九年）

(1)は、月城の「小窓の宵」（一九〇五年一二月九日『琉球新報』）九首のうちの一首、(2)は、柳月庵・真境名笑古の「午睡の巻」（一九〇九年七月九日『沖縄毎日新聞』）七首のうちの一首である。

万緑庵は、旧派と新派の違いについて、六点挙げているが、その一で、旧派が旧来のありふれた「思想および技巧を踏襲しかつ所謂雅語のみを」用いているのに対し、新派の歌人は「伝習的思想と技巧上の諸規則を打破し之を表示するに必ずしも雅語のみ」だけではないとし、またその三では、旧派は「琉歌集を崇拝し且盲従的によめども、新派琉歌の歌人は寧ろオモロ草紙クワイナ集の優れる歌をもって正宗とし批評的研究心に富む」とした。万緑庵が、月城、笑古の二人を新派として挙げたのは、二人が、彼の考えていた新派の歌の模範となるような歌を詠んでいたからにほかならない。月城の歌は、三の主張にかなうものであっただろうし、笑古の歌は、一の主張にこたえるものであったと言えるからである。

万緑庵が、新派を代表する歌人としてあげた月城も笑古も、一九一〇年前後の文芸壇に新しい風を吹き込んだ新しい歌の担い手たちであった。彼らが新しい歌を作り、世論を導く論を展開できたのは、月城の論に見られる通り、海外の思潮に明るかったからであり、笑古の論からわかる通り古典に造詣が深かったからである。

万緑庵が二人を新派の先達として見たのは、歌そのものは勿論のことだが、その歌を支える知識が豊かであることを読み取っていたからであろう。

万緑庵が、琉歌を作り、琉歌を論じた時期は、しかし、そう長くない。彼はやがて短歌に才能を発揮するようになるが、一九一一年には、さらに明治詩壇を飾ることになる傑出した一篇を発表していた。それは、次のような詩である。

隅田川のとある家の二階の四畳半、
わが盃をうけしうたい女は
ガス灯に媚びをたたえたる頬を照らしつつ、
したしげにわが古里をたずねたり。
わが生まれしは山の手は赤坂なりと云えば、
女は妾もしか思いたりとうなずきたり。
されどされど呪うべき良心はわが心に向かって
反省を促し正直なる訂正をもとめたり。
女よそは偽りなりわれは琉球のとある城下に生まれ、
父は泡盛を飲みて早くも逝き
母はなお入れ墨の手をはたらかしつつありと云えば、
女は軽き偽りを喜ぶごとくかすかなる笑みをたたえつつ

そは偽りなりそは夢なりと無造作にもわが正直なる告白を取り消したり
ああ女よ！
われもまた琉球に生まれたる事実が嘘ならんことを願うものなり
されど事実は事実となるをいかにせん。

一九一一年一二月一四日「秋日雑詠（一）」と題されて『沖縄毎日新聞』に発表された一篇である。

出自を問われ、正直に答えることができない。そしてそのことに傷ついてしまう。詩を結ぶ「われもまた琉球に生まれたる事実が嘘ならんことを願うものなり　されど事実は事実となるをいかにせん」という嘆きは、以後、沖縄の表現者たちの表現の底を貫くことになるといっていいが、一九一〇年代初期に発表されたこの一篇は、少なくとも、三つの大切な問題を秘めていた。

一つは、琉球独自の歌を歌っていたものが、日本語の詩作への転換という、表現手段の変化である。より大きな括り方をすれば、「琉球文学」から「沖縄文学」への移行という問題である。

二つ目は、出郷という問題である。「秋日雑詠（二）」は、「隅田川のとある家の二階の四畳半」に上らなければ、生まれてくることはなかった。沖縄を出て行ったことによって、遭遇した出来事であったわけであるが、知識欲に燃える当時の若者たちは、学ぶためにも表現欲を満たすためにも、東京を目指さざるをえなかったという事情があった。

三つ目は、沖縄への眼差しとでもいっていいものである。女の「そは偽りなりそは夢なり」という言葉が素直であればあるほど、男の心を傷つけることになる。女にとって「琉球」は、想像することすらできない遠い遠いどこか異人の住む異国であった。

「秋日雑詠（二）」は、出郷者たちを襲うことになる問題をいち早く取り出し、「沖縄文学」の伏流をなしていく疎外感を鮮明にしたものであった。

一九一〇年代から三〇年代の「沖縄文学」について語っていくさい、これらは、たびたび問われることになるだろうが、ここで、一つ目の問題について、見ておきたい。

万緑庵・摩文仁《まぶに》朝信《ちょうしん》は、一九〇九年「緑陰芸語（琉歌について）」で「琉球文学の花である琉歌は非常に盛んになった」と書いていた。「琉歌」は、「琉球文学」を代表するものだというわけだが、「琉歌」は、その発生が「おもろ」にあるとされるように、琉球語表現になる長い伝統の上に花開いた形式であった。

普通「琉歌」といえば、八八八六形式になる表現をいうが、その形式になるものだけを「琉歌」というわけではない。「琉歌」にはその他に「長歌」「仲風」「口説」「つらね」といった形式になるものがあった。それぞれに代表的な歌を例示しておくと、「長歌」は、

首里みやだいりすまち戻る道すがら恩納岳見れば白雲のかかる恋しさやつめて見ぼしゃばかり

というように、三〇音より幾分長い形式からなるものであり、「仲風」は、

語りたや語りたや月の山の端にかかるまでも

のように、五五八六或いは七五八六と上句が奇数音、下句が偶数音からなる和琉折衷形式になる歌である。

「口説」は、

旅の出立ち　観音堂
千手観音　伏し拝で
黄金酌取て　立ち別る
袖に振る露　押し払い
大道松原　歩み行く
行けば八幡　崇元寺
美栄地高橋　打渡て
袖をつらねて　諸人の
行くも帰るも　中の橋
沖の側まで　親子兄弟
連れて別ゆる　旅衣
袖と袖とに　露涙
船のともづな　とくとくと
船子勇みて　真帆引けば
風やまともに　午未

またも巡り逢う　御縁とて
招く扇や　三重城
残波岬も　後に見て
伊平渡立つ波　おしそえて
道の島々　見渡せば
七島渡中も　なだ安く
立ちゆる煙は　硫黄が島
佐多の岬に　はい並で　エイ
あれに見ゆるは　御開門
富士に見まがう　桜島

というように和語の七五音で構成されたものであり、これは「上り口説」として知られるものである。

「つらね」は、

後生の旅立ちも近くなてをれば
夢うつつ心肝も肝ならぬ
よしまらぬ落てる涙したたらち
すゞり水なしやい義理恥も忘すて
あまた思事のはしばしやだいんす
書きよしたためて御遺言よしゅもの
お肝とり沈め読み開きたばうれ
奥山に咲きゆる伊集の花心
何の事も思まぬ童あてなしに
お情けやふかく我身にかけ召しようち
他所目まどはかて振合せの御縁
あの世までかけて契る言の葉や
我が胸にとめて我が肝にそめて
寸時も片時も忘る間やないらぬ
ませうちにひとり思詰めてをても

義理のせめ縄につながれてをれば
あけやう我が肝や　やみの夜々ごとに
焦れとびまわる蛍火の心
やがて消えはてる露の身どやすが
無常の世の中にながらへてをても
朝夕ものごとにつらさ思まよりか
片時もあの世急ぎぼしやあすが
この世をて里が玉のお姿や
拝で暇乞も　あはれなくなくに
この世ふりすてて行きゆる際だいもの
おぼろ夜の月の影のごとやちやうも
拝みぼしやつらさしゞららぬあてど
とかくまゝならぬ浮世てやりともて
誰も恨めゆることやまたないらぬ
このまゝに土と朽ちはてゝやり

肝や里おそば朝夕はなれらぬ
里が行末や波たたぬごとに
草の下かげにお願しちをもの
ながらへていまうれ　お待ちしやべら

といった、書簡形式をとったもので、これは歌劇の代表的な一つとして知られる「泊阿嘉」の一場面で読み上げられるものである。「琉歌」のなかで「つらね」は、一九一〇年に演じられた歌劇「泊阿嘉」の人気とともに広がっていったもので、一九一一年になると「新体琉歌」そして「琉詩」と呼ばれるようになり、翌一二年にかけて空前絶後の流行を見せ、一三年で凋落する。それは、伝統的な琉球語表現「琉球文学」最後の光芒であったように見えるものである。

「つらね」の登場は、「琉歌」から「新体琉歌」「琉詩」へとその呼称の変化が示しているように、より広がりのある琉球語詩の世界を出現させた。それは、「文芸復興」の生んだ一つの余波であったといっていいが、新派の表現者たちのよりどころとなるものではなかった。

摩文仁朝信がそうであったように新派の琉歌歌人たちは、「琉歌」の革新を論じながら、「琉歌」の詩作から離れはじめていたのである。彼らの前には日本語の表現になる詩作の世界が広がりはじめていた。

「琉歌」の詩作からいち早く抜け出し、「新体詩」の世界へ飛び込んだのは、摩文仁朝信とともに「首里の文学青年」として知られた末吉安持《すえよしあんじ》である。末吉が文学者になるために上京したのは一九〇四年、翌〇五年には与謝野鉄幹、晶子の主宰する新詩社の同人となり、『明星』誌上に詩作を発表するようになる。

日本語で表現された「沖縄文学」の出発期を飾り、先導者となったのが末吉安持であった。以後「沖縄文学」は、その歩みを急速に進めていく。

2、一九一〇年代の文学

一九一〇年代の沖縄の文学は、一方で「琉歌」の革新をめざした「琉球文学」の世界と一方に日本語表現になる「沖縄文学」の世界とが並列し、やがて「沖縄文学」が前面に踊り出てくる。

その先導者が末吉安持であったわけだが、末吉のあと摩文仁朝信をはじめ続々と若い表現者たちが登場してくることになる。漢那浪笛《かんなろうてき》、山田裂琴《やまだれっきん》がそうだし山城正忠《やましろせいちゅう》、上間正雄《うえままさお》がそうである。漢那、山田は、沖縄地元の新聞を中心に詩作の発表をしたのに対し、山城は『明星』に、上間は『スバル』に発表の場を求めていく。

上間の特質がよく表れた作品には、次のように始まる一篇がある。

> 琉球の遊郭は非常に興味がある。若き男らがのむ赤い巻き煙草の火は、あやしき獣の瞳孔のように暗い石垣のかげに輝く。牧歌の声は海の遠鳴りに交じりて聞える。

「琉球の遊郭」は、という詞書きからはじまる「郭と墓場」は、そのあとに「夕されば かの色街の三味の音がわれの情をもてあそぶかな」他七首を置く。そしてまた歌に続けて、「郭に隣りて大きな墓地がある。倉庫の様な琉球特有の墳墓はこれを遠くから望めば西洋館のようだ。この墓原につづいて深碧の海がある。夜、月光は墓のうえに悲しく輝き、海は鳴りいで、色街からなまめかしい琉球の三味線のメロディが流れだす、それを聞く時の情調は何ともいわれない」との一文をはさみ、「色街を出でし男はかなしげに墓場のうえの月を見るかな」他九首を置く。

「郭と墓場」は、さらに文、歌と続いていく一篇だが、「遊郭」は、上間の得意とする題材であった。上間は「郭と墓場」を発表した翌年の一九一一年には「ペルリの船」を発表しているが、それも、那覇の港に停泊している「ペルリの船」に乗り込んで、広い世界を見たいと考えている青年が、船に乗ることに失敗し、「郭」の中に消えていくといったものであった。「郭」は、上間の作品を彩る大切な場であったが、それは、上間だけのものでなく、これまた沖縄文学の底流をなしていく一つになっていく。

上間正雄より先に登場したのに山城正忠がいる。山城は一九〇七年から『明星』に歌作を発表、一九一〇年には『新潮』に「鶴岡という男」、『新文芸』に「石敢當」、一一年には『ホトトギス』に「九年母」を相次いで発表し、歌人で小説家として近代「沖縄文学」の出発期を代表する一人となっていく。

「鶴岡という男」は、漫然と「文学をやりたい」と東京に出てきた男が、職を探すことも出来ず、郭に上って金を使い果たし、浮浪者同然になっているのを見かねて、同郷の者たちの協力を得て郷里に送り返す算段をするというものであり、「石敢當」は、大阪から沖縄に来て店を出したばかりの「紙舗」の娘を見染め、恋文を送った男が、コレラに感染し「仮避病院」に送られ、亡くなったといったものであった。

「鶴岡という男」も「石敢當」も、習作といっていいものでほとんど話題にならなかったといっていいが、前者に登場する、上京してきながら目的を果たせないどころか落ちぶれ、同郷のものたちの手助けで帰省を余儀なくされる、といったかたち、後者の、沖縄に移住してきた商家の娘に恋しながらかなわず病死してしまうといったいわゆるまれびとに憧れを抱いたものの痛ましい姿は、これまた沖縄文学に流れる、日本と沖縄の関係が生み出していく問題の見取り図となっていた。

これまでほとんど顧みられることのなかった「沖縄文学」が、にわかに注目されるようになるのは「九年母」からである。作品は、日清戦争期を背景にして、沖縄の社会が清国派と日本派に分かれて混乱しているのに乗じて、本土出身の校長が、清国派の領袖である老人を篭絡し、金品をせしめていたのが明るみに出、逮捕され、刑を受けて、本土へ送還されたというものである。

『ホトトギス』一四巻一二号は「六月の小説」として「九年母」をとりあげ、「悠長な、せゝこましくない筆付きである。少しも飾らない素直な書きぶりである。小説としてほめるべきものとは思わないが、とにかく良くまとめたもんだと思う。矢張り事件の描写よりも却って自然の描写が一種のローカル、カラーを出すに都合よかったこと言うまでもない。単なる写生文として見ても中々よく出来ている。また種々吾等の好奇心を刺激するような所は沢山あった」と評していた。

同評の力点は、「事件の描写」よりも「自然の描写」にすぐれていて、それが「ローカル、カラー」を押し出すものになっている、というところにあった。「九年母」は、「ローカル、カラー」のよく出た作品として評価されたわけだが、それは多分次のような個所を指していた。

海に近い、さびしい南国のN町は、そのしずんだ空気の裡には琉球特有の潮風にふきさらされた、梯梧だの、ゆうなだの、割合に薄っぺらな木の葉は土器《かわらけ》色にちぢこまって、まだ薄黒く湿りをおびた裸の幹がならんだ。それでも、福木、がじまる、蘆薈《アロエ》、棕梠《しゅろ》、檳榔《びんろう》といったような、亜熱帯植物の、くらい緑青《あおみ》をおびた陶器みたいな厚ぼったい葉は、枯れないかわりに、うすじろく塩をふいていた。

「こゝにも落ちとぅさ、ホラ、こんな大《で》っかいのが、これは我がもんだよ。」

「アラ兄さんこゝにも、こんなのが。」

と、一生懸命に吹きおとされた青いのや、ゆり落とされた黄いろいのを拾いあつめた。

「あんまり飛んで歩くと、ころんで泣くんどう」と父はたしなめた。

地の文の個所は、暴風の吹き荒れた後の様子の描写、会話文の個所は、九年母の木の周りに集まった人々が交わした言葉からなるものである。会話文に見られる言葉は、標準語とはとうてい言えるようなものではなく、また地の文に見られる風物も内地とはことなるものであった。

『ホトトギス』に見られる評は、そのような個所を「ローカル、カラー」が出ていると評価したわけであるが、沖縄では、逆になっていた。

伊波月城は、「九年母」を評し「山城君の作は他府県の人にはさぞ面白いかも知れないが、吾等古琉球の文学より出発して来た文学研究者にとっては、なんだか内容がからっぽであるような感じがする。背景を那覇に取ってあるのでいくらかローカルカラーが現れている。けれども山城君は琉球人に特有なる鋭敏なる感覚を持っていないと見えて視覚に映ずるもの以外に自然を通じて、自己の感情を現すことを忘れている。例えばあらしのあとで、吾々の心理状態はどうであろうか、又吾々の嗅覚は一種異なる臭気を嗅ぐことは出来ないだろうか」と疑問を呈していた。さらにまた「本間正雄氏は国民新聞紙上で九年母を評して、『琉球語がざらに出て来るので頗る読み辛かった、尤も、琉球の風俗を写す上には止むを得まいか』というているが、山城君が使用している所謂琉球語なるものは本県に来ている他府県人の使用するブロークン琉球語と類似の言語であって、私どもは生まれてからあんな琉球語を使ったこともなければまた純琉球人がそんなのを使っているのを聞いたこともないのである。もし使わねばならぬならば偽りなく純琉球語を使用した方が自己の感情を忠実に吐露する上には都合がよくはあるまいか。又私は琉球語を使用しなくても沖縄の風俗を写すことは出来ると思う」と論じていた。

「九年母」は、「沖縄文学」で最初に注目を浴びた作品であった。「沖縄文学」の出発を飾った小説として、摩文仁の詩「秋日雑詠（一）」、上間正雄の短歌「郭と墓場」などとともに記憶されてしかるべき作品であるが、それは、描写の問題や表現手段の問題とは別に、さらに切実な問題を提出していた。

その第一点は、日清戦争を背景にしていたということである。それが沖縄では、ただならぬ動きをもたらしていた。琉球が、「沖縄県」になったのは、先にも触れたように一八七九年であるが、置県後、沖縄では新しい県政に順応しようとする開化党、清国に援助を仰ぎ、王国の復活を図ろうとする頑固党に分かれ相対立するといった状況が続いていた。沖縄の長い間続いた「日支両属」という特殊な歴史が、そこには塗りこめられていたのである。

第二点は、頑固党の領袖奥島老人を欺いて詐欺を働いた小学校の新任校長が、宮崎出身であり、校長を逮捕して刑事探偵も「物ごしが大分島に馴れていた」とあるところから他府県出身であったことがわかる。一八九〇年代の沖縄は、県知事をはじめ小学校教員まで、いわゆる要職は、そのほとんどが他府県人で占められていた。「新付の民」としての沖縄人には、要職につくほどの技能がないと見られていたのである。

第三点は、首里城が熊本分遣隊の兵舎になり、これまでも日曜日になると兵隊どもが「町の色街をまっぴるなか漁って」歩いていたが、「戦争が始まるとまた新しい兵隊がたくさんのりこんで来た」という件である。

第四点は、新任校長が、遊女を引かして側妻としていたことである。遊女は、沖縄文学を彩る重要な登場人物になっていくということについては先にも触れたし、これからも触れていくことになるが、最初に注目された「沖縄文学」に、いきおい登場していたのである。

第五点は、頑固派の老人が、「若衆あそび」をやるといったうわさが飛び交い、「閉めきった謎のような黒い扉」の前で、「いろんな階級の人々」がどなりちらしていた、という点である。

さらにあと一点あげておくとすれば、詐欺事件が、少年の「のぞき」で発覚するという点である。そこには、沖縄の抱える重大な問題は、もはや旧世代が解けるものではなく、新世代にまかせるしかないといった暗喩がこめられていたといえるからである。

「九年母」は、どうすれば、ローカルカラーが出せるかといった問題、とりわけ日常言語としての琉球語を、どう作品のなかで生かせるかという問題をはじめ、種々の問題を内包していたのである。その意味においても「九年母」は、「沖縄文学」の出発を告げるにふさわしい作品になっていたといっていいだろう。

3、一九二〇年代の文学

「琉球文学」から「沖縄文学」への移行は、少なくとも新時代の第二世代が、「日本語」を十分に習得しえていたことによる結果であったといっていいだろう。琉球処分から三〇年、沖縄の表現世界は、大きく変わり始めていた。

一九一〇年代には、伊良波尹吉《いらはいんきち》の「薬師堂」(一九一二年)、同じく伊良波の「奥山の牡丹」(一四年)、渡嘉敷守良《とかしきしゅりょう》の「桃売り乙女」(同一四年)、真境名由康《まじきなゆうこう》の「淵」(一九年)といった歌劇が制作され上演されていた。一〇年代は、琉球語になる作品が、まだ生き生きと脈打っていたことがわかる。しかし、二〇年代にはいると、真境名由康の歌劇「伊江島ハンドゥー小」(二四年)が生まれたものの、以後名作とされるものがみられなくなる。琉球語表現になる歌劇の制作は、表から消えていったとはいえ、琉球語表現へのこだわりがなくなったわけではなかった。

ありや、伊計《いけ》よ離《はなれ》よ、

こりや、浜《はま》よ平安座《ひやんざ》よ、
平安座娘《みやらび》等が、蹴上ぐる
潮の花の美しさ！

「故郷の島々」他一篇を巻頭に置いた世礼国男《せれいくにお》の『阿旦のかげ』が上梓されたのは、一九二二年である。

「故郷の島々」一篇は、「いけば伊計離　もどて浜平安座　平安座前の浜に　山原が着きをん　山原やあらぬ　大和もどり」の琉歌長歌、「行けば伊計離　戻て浜平安座　遊び浮上がゆる　津堅久高」の琉歌短歌、「見れば恋しさや　平安座女童の　蹴上げゆる潮の花のきよらさ」の同じく琉歌短歌を参照にして作られたものであることが二〇年代初頭の人々には、すぐに理解できたはずである。

『阿旦のかげ』は、川路柳虹《かわじりゅうこう》、平戸廉吉《ひらとれんきち》がその「序」を飾った。川路はそこで、世礼は「近代西洋文芸の余沢をうけた詩人」で「近代的色調が何よりあざやか」であるにも関わらず、「その南国的な情趣」は「吾々の憧憬なる一種の郷土色をあらわしている」といい、続けて「ことに『琉歌』の訳の渾然さはこの日本最古の古謡を全く今の感覚の上に生かしたもので詩壇に対しても大きい寄与となるだろう」と称賛していた。

『阿旦のかげ』に収録されている「琉歌訳二十八篇」は、「琉歌」を「日本最古の古謡」としている点で説明の必要があるとはいえ、「琉歌」を「全く今の感覚の上に生かしたもの」であったという指摘は、その通りであった。

世礼が「琉歌訳二十八篇」を発表出来たのは、琉球語が生きて脈打っていたからであるが、それは、まだ試みの段階にあったといえないことはない。平戸はそれを感知し「著者はまだ〳〵この恵まれた地方色を、強くはっきりと自由に出しきれずにいるかも知れません。私はそれが益々強く白熱して来る時を今後に待ちましょう」と述べていたが、世礼はそれに答えるように二三年三月『日本詩人』に「琉球景物詩十二篇」を発表する。「十二篇」こそ、世礼の本領を発揮したものであった。

二〇年代の沖縄の詩壇は、世礼の「琉歌訳二十八篇」のような、琉球語表現になる歌謡を近代詩に変換し、注目を浴びるだけでなく、琉球語を生かした近代詩の登場ということでも注目されていく。そこには「琉球文学」の見直しといったことや、教育界を席巻していた方言札への反発といった問題が考えられないわけではない。

標準語表現に向かっているなかで、琉球語を取り入れた詩が登場してきたのであるが、そのような琉球語による表現を後押しした一つに佐藤惣之助《さとうそうのすけ》の『琉球諸島風物詩集』があったといえるかもしれない。佐藤が、沖縄に来たのは、二二年五月。そして一一月には「琉歌の調子」と「うろ覚えの琉語を多く入れて」読んだ詩集『琉球諸島風物詩集』を刊行していたのである。

沖縄でなければ生まれない詩の試みがなされ注目された詩集が登場した一九二二年には、あと一つ話題を呼んだ作品が発表されていた。池宮城積宝《いけみやぎせきほう》の「奥間巡査」である。

応募作総計四百四十五編から選ばれて『解放』一〇月号に掲載された作品は、たくさんの応募作品から選ばれた入選作ということからでもわかるように、読むに足りる「沖縄文学」がようやく登場したといえるものであった。粗筋は次のとおりである。

奥間百歳は那覇郊外にある「特種部落」出身である。部落出身で、初めて警官になった百歳は、はじめ羨望のまなざしで見られるが、人々の意に反して、部落の批判をするだけなので、疎ましくなり、誰も寄り付かなくなる。一方職場でも、心を打ち明けて話せる同僚もなく、悶々としているところへ、散歩にさそわれ、その帰り、遊郭に上る。一夜をともにした遊女が忘れられず、通い詰めるうちに、将来を誓い合うようになる。ある朝、遊女のところからの帰りがけ、近くの墓原にある空き墓に不審な男がいるのを見つけ、警察へ連行する。所長は百歳の「初陣の功名」だと褒め、部長に、男の尋問を命じる。百歳は、それを聞いていて、男が、今朝わかれてきた女の兄だと知って驚く。部長は、妹を尋問する必要があるので、呼んで来いと百歳に命じる。命令を聞いて百歳は「恐怖と憤怒」にとらわれる、というものである。

「奥間巡査」が描き出して見せたのは、次の四点である。その一点は、「特種部落」の存在である。「奥間巡査」は、「琉球の那覇市の町端れに△△屋敷と云う特種部落がある」とはじまる。そして「此処の住民は支那人の子孫だが、彼らの多くは、寧ろ全体と云ってもよいが、貧乏で賎業に従事している」という。ここには、琉球の歴史を紐解かなければ見えてこないものがあった。

その二点は、百歳と同僚たちとの関係である。百歳の「同僚は、多くは鹿児島県人や佐賀県人や宮崎県人で、彼らとは感情の上でも、これまでの生活環境でも大変な相違があった」ことから、百歳は、同僚たちを「異国人」だと思うし、同僚たちは百歳を「異邦人」のように見ている。ここには、沖縄が、日本とは異なる歩みをしてきたこと、そして公的な職場を他府県人が占めていたことが語られていた。

その三点は、遊女の境遇についてである。百歳の敵娼であるカマルー小は「田舎では可成り田地を持っている家の娘だったが、父が死んでから、余り智慧の足りない兄が、悪い人間に騙されて、さまぐ〳〵の事に手を出して失敗した為、家財を蕩尽した上に、少なからぬ負債を背負ったので、家計の困難や、その負債の整理の為に、彼女は今の境遇に落ちたという事であった」というように、「辻」遊郭の女たちの背景にある貧困の問題が取り出されていた。

その四点は、琉球語に関することである。百歳は、もちろん標準語を使用しているわけであるが、百歳が連行して来た男は「田舎訛りの琉球語で話している」というように、琉球語であったし、辻の女たちの言葉もそうであり、作品は、女たちの言葉を、琉球語そのままで記していた。

さらに付け加えておくとすれば、琉球の風物の点綴にあるが、それはすでに「九年母」に出て来たのとそう大差ないものであった。「沖縄文学」を彩る光景は、これらの作品でおよそ一つの型が出来上がったともいえよう。

二〇年代には、最初の詩集の登場、『解放』という当時よく知られた雑誌の公募で、「入選」を勝ち取った作品が出たということで、少しは「沖縄文学」の存在が知られるようになってきたかと思われる。

当時、池宮城積宝は、小説だけでなく、短歌作者としても活躍しているが、さらに、大切な役割をはたすべく、活動していた。

一九二四年三月二一日「序に代へて」、二三日「琉球文芸叢書に序す」と題された文章が『沖縄タイムス』を飾る。前者は末吉麦門冬《すえよしばくもんとう》（末吉安恭）、後者は伊波普猷《いはふゆう》の署名になるもので、両者ともに、池宮城積宝が企画していた「琉球文芸叢書」への推薦文である。

麦門冬はそこで「君の郷土文学叢書発行の企ては誰も考えていて実行の機会を得なかったもので、至極賛成です。文学普及の為その効果頗る大なるものがあろうと思います。どうぞ根気よく続けて下さい」と述べていた。伊波も「『琉球文芸叢書』の首途を祝福する」と書いていて、沖縄初となる「文芸叢書」の刊行に大きな期待をよせているが、そこで両者は、大切なことを述べていた。


私たちの要求する所の郷土文学は、一体どうあらねばならぬのかと云うことは、私も考えないではありませんでした。ひと口に云うとそれは私たちこの郷土に生まれたのでなければ感じえない、把握しえない、創造しえない、表現しえない内容でなければならぬと思います。本当の沖縄と本当の沖縄人が出て来なくてはなりません。しかしてこれを得るには、殊更に私たちが郷土の色を深めよう濃くしようなどと意識的に努力しては駄目です。そうすると却って他国もしくは他県のものが、私たち及び私たちの環境を描いたものにあるような、一種の誇張され、歪曲されたものに似通ったものになります。それでは私たちの持とうと望んでいる或ものが如実にあらわれません。似ても似つかぬものになってしまう恐れがあります。殊更に他人に見せるようなものであってはならぬし吹聴や宣伝ではいけません。みせびらかしではない、私たち自身がそれと面して恐れたり、嫌気がさしたり、憤ったり、不満を感じたり、軽蔑したり、憐憫したりする中に、又私たちがどうしてもそれから離れぬことの出来ない、いわば運命づけられた、吐息をつかさるゝような内容が盛られてなければならぬのです。それに反しては到底嘘にしかなりません。それを私たちは狙うぞ、しかも殊更めかしく狙っているぞと意識したり、努力したりせずに到達するのです。自然に絞り出された私たち自身の苦汁をそこから汲むのです。誰も自分の姿に余り感心しない。鏡に向かって多くの人々は不満を抱きます。憤ろしくなります。美しいと己惚れることはありません。私たちが創造しようとする郷土文学も、その嫌な思いのする鏡裏の映像ではありませんか。けれどもこの嫌であっても、自分たちの姿には、私たちはどうしても逃げも隠れも出来ぬものがあります。

麦門冬は、「郷土文学」をそのように「郷土色を深めよう」などとことさらに努力するものではなく「自然に絞り出された私たち自身の苦汁」をくみ上げてくるものでなければならない、と主張していたのである。それはたぶん、これまで書かれてきた「郷土文学」が、郷土色を出すために、他県のものが書いた「一種の誇張され、歪曲されたもの」と同じようなものになっていると思っていたことによるのであろう。

麦門冬は、一九一〇年前後から俳句および短歌さらには漢詩の作者として知られていた。沖縄で創作するものとして、沖縄をどう描いていくか、ということを考え続けていただろうし、ここで彼は、従来考えてきたことを率直に記していたといえよう。

麦門冬の推薦文に続いて掲載された伊波のそれは、「寂泡君」と呼びかけるかたちで始まっている。

小民族のクセに特種の歴史や言語を持っているということは、現代では少なくともその不幸の一つでなければならぬ。それだけでも彼らは奴隷にされるべき十分な資格を備えているといえる。私はかつて日琉同祖論を唱えて、学者や教育者の了解を得ることが出来たが、政治家や実業家の同情を得ることは出来なかった。君たちは沖縄青年が、後者の仲間入りをしようとしてこの四十年間にどれほど苦い経験をなめたかを知っているだろう。また彼らの或ものが学者の仲間入りをした、学会に多少の貢献をしたことも知っているだろう。

——彼はひっきょう門番や別荘守になるべく運命づけられている。これを見せつけられた君たち利口な青年は、とう〳〵芸術の方面に走っていった。そこでは個性という資本さえあったら、金主や同情者がなくても、たいした差支えがないからだ。けれども君たちは、この個性を表現すべき自分自身の言語を持っていない。君たちが持っているのは、それは借り物だ。この借り物を自由に使用し得るまでには君たちの年齢と精力とは大方浪費されてしまう。だから沖縄人にとっては、小説家になるのは、アイルランド人の小説家になるのと同じくらいに困難であろう。彼らはこの言語という七島灘を越えた暁に、はじめてショウやイエーツやシングのような鬼才を中央の文壇に送り出すことが出来よう。

教育現場で、日本語の習得が始まっていくのは琉球処分後の翌一九八〇年からである。それから「四十年」たっていたが、それはまだ「借り物」であり、この「言語という七島灘を越え」ることは容易なことではない、と伊波はいうのである。そしてさらに続けて、「そうはいったものゝ、沖縄人もやはり模倣性の強い人民だから、この外部的の困難には、遠からず打ち勝つことが出来よう。が、今ひとつ内部的の困難が根強くこびりついていることを知らなければならぬ。君も知っている通り、沖縄人は理性や感情や直覚力がよく発達しているわりに、意志の力が非常に弱い。そして境遇や性格の上から政治や実業にたずさわるよりも、文芸や思想の面に向かう者が多いが、意志が弱く、移り気があるせいか、成功した人は至って少ない。そういう方面には確かに適しているに相違ないが、せっかく持っているものを押し出す力に乏しい。この押し出す力はとりもなおさず意志だ。琉球入り後殆ど三百年間、この大事な意思を動かす自由を与えられなかったために、沖縄人はとうとうヒストリックになってしまったのだろう。今や私たちはこの特種の歴史によっておしつぶされている」といい、グルモンの言葉を紹介したあと、積宝にむけて「私は君のアルバイトが私たちをおしつぶしている重荷をはねのける一つの槓桿であることを希望する」と閉じていた。

　麦門冬、伊波といった当代を代表する文人が、それぞれの立場から応援を送った「琉球文芸叢書」だったが、刊行された形跡はない。

　一九二六年『中央公論』に発表された広津和郎の「さまよへる琉球人」に、「『さまよへる琉球人』と云うような詩を作ったりした」人物のモデルとして登場して来る積宝の企画であったことを考えると、刊行するに至らなかったのではないかと思うが、積宝は、どのような「文芸叢書」を考えていたのだろうか。

「文芸叢書」ということになれば、その品質はいうに及ばず、その量が問題になる。麦門冬、伊波が推薦文を書いているところからすると、質量ともに大丈夫だと考えられていたのではないかと思うが、その柱には、小説の分野ではなく、詩歌、とりわけ短歌作品が考えられていたのではなかろうか。それは、麦門冬、伊波の推薦文が掲載された翌月の四月一〇日、やはり『沖縄タイムス』に、「若き琉球を標榜する『歌人連盟』生る　南島文壇の新機運動いて各派を統一せん」との見出しになる記事が掲載されていることからも推測できるように、「南島文壇」は、歌人たちの活動が目立っていたからである。

新聞記事は、中央の文芸隆盛に刺激されて、県民の文芸活動も盛んになってきているが、他の領域に比べて、纏まった組織がないため、詩歌人は輩出しているのに、謄写版刷りの小冊子しか見られなかった、と前置きし、それが「現状の詩歌界の気運に乗じて若き琉球を標榜する詩人上里春生《うえざとはるお》、伊波普哲《いはふてつ》、国吉灰雨《くによしはいう》、山口三路《やまぐちさんろ》諸氏と女性の方では真栄田忍冬《まえだにんとう》、名嘉原文鳥《なかはらぶんちょう》、水野蓮子《みずのれんこ》、我謝《がじゃ》ミチ子《こ》、諸女子等が団結して歌人連盟の下に県下数十人歌人の統一を計る詩歌雑誌を発行する計画中であるが、同連盟は老若各派何れを不問、広く連盟内に包含する由であるが、すでに斯界の先輩末吉落紅《すえよしらっこう》、上間草秋《うえまそうしゅう》、山城正忠、漢那浪笛、名嘉元浪村《なかもとろうそん》、北村白楊《きたむらはくよう》、稲福千代次《いなふくちよじ》、諸氏の連盟に加わることになった」と報じていた。ここにはなぜか池宮城積宝の名前は見られない。多分放浪中で連絡がつかなかったためかと思われるが、ここに挙げられている名前が、一〇年代以降、沖縄の文芸界を盛り上げてきた表現者たちだったことからして、「文芸叢書」は、彼らの作品を中心にして考えられていたのではなかろうか。

一九二四年四月一〇日の記事は「歌人連盟」に関するものであったこともあろうが、そこには、末吉落紅とあり、麦門冬となっていないことからも推測できるように、俳人たちの名前がみられない。末吉落紅、上間草秋、山城正忠、漢那浪笛といった、沖縄の明治の文芸界を先導してきた詩人、歌人の名前とともに煙波、落平、夕紫浪、紅梯梧といった名前があって不思議ではないが、俳人たちの名前はあがっていない。

「文芸欄の充実を期さんが為め俳壇を設けます」と「朝日俳壇を設く」の社告が出されたのは、一九二五年七月一七日。歌壇、詩壇が早くから設けられていたのに対し、「俳壇」はかなり遅れていたことにも表れているように、他の文芸に比べ、注目度が低かったということであろう。

「朝日俳壇」が、設置を公表された後、いつから新聞に登場してきたか、新聞の揃いがないため不明である。現在確認できるのは二六年一月三一日に掲載された「榕樹会選句」からである。同日掲載された作品も、新聞が半面しかなく、不明な点があるので、それにかえて五月一九日に掲載された作品集を紹介しておきたい。

作り並ぶ生地の壺次々に春陽吸う　瑞泉
そゞろ風の翻す芽葉真昼の庭なり　みね女
一せいに花もちたる大根畠の陽よ　梨雨
行先告げず出た児長閑暮れて来た　みね女

作品は一点に一一句、二点に六句、三点に二句そして四点に四句ある。その四点四句である。この四句からわかる通り「榕樹会」は、いわゆる伝統的な形式によらない句作をした会であったように見える。

二〇年代も後半になると、「俳壇」だけでなく、「歌壇」でも、新しい傾向の作品が見られるようになる。

感激のない生活はいやだ友と酒を飲み野犬のように　闇をさまよう
とつさんと芋でも作って暮らしたが私は好きだ呑気でいゝぞ

「感激のない生活」は、一九二六年四月二二日付『沖縄朝日新聞』に「酔っ払い」として発表された五首のうちの一首、「とっさんと芋でも」は、同じく『沖縄朝日新聞』に翌月の五月一六日に発表された「五月の歌」九首のうちの一首である。

そのような新しい試みになる俳句や短歌で賑わう一九二六年には、沖縄初となる『琉球年刊歌集』が刊行されていた。沖縄の歌人たちの作品を集めた歌集の刊行は、「歌人連盟」

結成があったことによるだろう。山城正忠は「序に代えて」で、「この年刊歌集が、よし過渡期の建設とは言え、わたしどもの持つ短歌界最初の記念塔として、永劫に栄あれと祈ってやまない」と書いていた。山城が述べている通り、『琉球年刊歌集』は、「短歌界最初の記念塔」であったと言っていいが、それはまた実ることのなかった池宮城積宝の企画した「琉球文芸叢書」の一つであったとして見ることのできるものとなっていよう。

一九二七年になると、次のような詩が登場する。

今宵の星の眸は
故郷《みやらび》！琉球《うるま》に残せる
乙女の霑んだ眸にも似たるよ
瞬きもせで
その眸を凝めつあれば
淡紅色島の乙女達が
前の白浜に下り立ちて
癇高い声で唄い続ける幻が

私にまで執拗に明滅するよ。
蛇皮線！
泡盛！
毛遊び！
・・・・・・・・
ＪＯＡＫ。今宵は放送を止してくれ。
俺は静かに
南方の楽園を偲び
乙女達の唄う（愛人の歌《トバラーマ》）を
大空に霑む
星空のアンテナーから聞こう。

『詩の家』に掲載された伊波南哲《いばなんてつ》の「郷愁」と題された一篇である。
佐藤惣之助が沖縄に来たのは一九二二年五月、そして「琉歌の調子」と「うろ覚えの琉語を多く取り入れて」作った詩編をまとめて『琉球諸島風物詩集』を刊行したのが十一月で、「詩之家」を主宰し、雑誌『詩之家』を創刊したのが一九二五年七月。「詩之家」は、多くの同人を集めることになるが、その中には金城亀千代《きんじょうかめちよ》、伊波南哲、津嘉山一穂《つかやまいっすい》、山口芳光《やまぐちよしみつ》、有馬潤《ありまじゅん》らがいた。彼らは『詩之家』に作品を発表し、そして「詩之家」から詩集を刊行していく。

　伊波南哲の『南国の白百合』（二七年）、『銅鑼の憂鬱』（三〇年）、山口芳光の『母の昇天』（三〇年）、津嘉山一穂の『無機物広場』（三一年）、有馬潤の『ひなた』（三一年）といった詩集がそうだが、同時期「詩之家」同人以外でも新屋敷幸繁《しんやしきこうはん》が『生活の挽歌』（二六年）、『野心ある花』（三一年）、国吉真善《くによししんぜん》が『群集の処女』（三〇年）といった詩集を、一九二〇年代後半から三〇年代初期にかけて刊行していた。

4、一九三〇年代の文学

一九三〇年は、山里永吉《やまざとえいきち》の一連の作品が発表されると同時に劇場で演じられ、沖縄芝居が再興したともいえる年であった。

山里が沖縄芝居の名優伊良波尹吉、真境名由康、島袋光裕《しまぶくろこうゆう》三人の依頼を受けて書いた「一向宗法難記」が大正劇場で演じられたのは三〇年の二月、「相当の成績」をあげ、不振だった沖縄芝居の愁眉を開く。そのあと伊良波に次の出し物も「すぐ書いてくれ」といわれて書いたのが「首里城明渡し」である。

初演で内務大丞松田道之と宜湾親方の二役を演じた島袋は、「一カ月余のロングランを記録するほど大当たりをとった」といい、山里もまた「大正劇場には首里、那覇だけでなく、山原や糸満あたりからも客馬車を借り切って見に来る。沖縄芝居を見てもしようがないといっていた連中まで押しかけ、連日大入りが続いた」と述べているように、人気を呼んだ。

「首里城明渡し」は、「ちっ居した宜湾の邸へ亀川が訪ねてきて大激論となるところからはじまり、明治政府の強行によって、ついに明治十二年三月二十一日、首里城を明け渡して尚泰は中城御殿へ移されたところまでを扱っている」と島袋光裕は要約していた。島袋が要約している通り、「宜湾の邸へ亀川が訪ねてきて大激論となる」「序幕」に始まり、尚泰が「中城御殿へ移されるところまで」を扱った四幕七場からなる芝居は、世にいう「琉球処分」を劇化したもので、山里はそれを「明治政府の琉球政庁に対する圧政と恐かつ、支那党と日本党のあつれきを、亀川親方と宜湾親方に代表させ、親子の新旧思想の衝突を亀川親方と亀川里之子に演じさせた」としている。

「首里城明渡し」は、確かに明治政府と琉球政庁との応酬、中国派と日本派との確執、世代間の衝突が取り上げられているが、「この劇には主役らしい主役はいない」と島袋はいう。そして「宜湾にせよ、亀川にせよ、また池城、津波古にせよ、決して主役ではない。もちろん尚泰も主役ではない。この人たちはみんな、尚寧王以来続いた薩摩の横暴に内心すごい反感をもっているけれども、だれも正面切って反対することは許されなかった。したがって、ここで劇全体の主役が出てくるとなれば、どうしても犠牲者とならざるをえない」といい、「琉球全体が犠牲者である」ことを示さんがために、この劇は作られたと見ていた。

演者によって、「琉球全体が犠牲者である」と受け取られた戯曲は、『琉球見聞録』に取材したものであると山里はその出所を明かしていたが、もちろん原典にあるとおりではなく、幾つもの違いが見られた。

その一つは、「首里城明渡し」の序幕、亀川が宜湾を訪れ、「今日、内務大丞松田道之が御城に上って」云々の言葉を投げつけたのは、六月一二日（新暦七月一四日）でなければならないはずだが、山里は、それを「三月」にしていた。山里が史実をまげてあえて「三月」としたのは、『琉球見聞録』の期日表記を疑問としたことによるのではなく、三月にしなければならなかった理由があるからにほかならない。そしてそれは間違いなく「宜湾親方朝保の屋敷の庭、舞台上手に枯葉をつけた大きな梯梧の木が一本立っている」とある「梯梧の木」と関わっている。

亀川は、宜湾の時候の挨拶「崇元寺の梯梧は真盛りだそうで御座いますね」というのをにべもなく一蹴していたが、真盛りの「崇元寺の梯梧」を出すためには旧三月でなければならなかった。序幕の最後の場面「梯梧の枯葉はら〳〵と散る」のト書きのあと

池城　（見上げて）散る散る。あゝよく散るなあ

宜湾　散るべき時が来れば何でも散るものだ。散るべきものが散ってしまえば、

また新しい花が真っ赤に燃え出るのじゃ
二人梯梧の木を見上げる
梯梧の葉又ひとしきり散る

といった場面がある。旧三月にしたのは、この場面を生かすためであったといっていいだろう。「梯梧の葉」が散りしきるのは、宜湾の言葉に込められた再生への願いを示さんがためのものであったと言えないこともないが、それはむしろ「落城」を示唆するための装置としてあった。

山里の改変は、そのような期日だけにとどまらない。

尚泰王　あまり取り急いだため御印判を置き忘れて来た。誰か取りにやってはくれまいか。
津波古　御印判を？（驚く）ただ今とって参りますから――
役人　津波古親方！　御城の御門はただ今全部閉まりました。
津波古　何！　御城の御門が閉まったと申すか――誰かこれから御城へ引き返し

御印判を取って来る勇士はいないか（一同を見回す）

亀川里之子　（進み出る）津波古親方その役目是非私に仰せ付け下さい。

『琉球見聞録』には、無論このような記録はない。山里の創作になるものである。山里は、そのあと城に忍び込み、大和の番兵たちと格闘し、御印判を無事持ち帰る二人の若者亀川と池城を登場させていたが、彼らはともに「大和党」であった。父親にそむいても「大和に留学する」といい放つ亀川里之子、そして舅になるはずであった人の言に反し「大和学問」の必要を主張した池城が、意に反するかのように、彼らが憧れた「大和」を向こうに回して、死力を尽くそうとしたのである。「御印判」とは、他でもなく「王国の誇り」のことであり、「大和党」とはいえ、そして「時勢」に従わなければならないという思いを抱いていたとはいえ、「王国の誇り」まで失うわけにはいかなかったのである。そしてそれは、山里の信念といえた。

山里の「首里城明渡し」は、名優たちの好演もあって好評を博したといわれるが、金城《きんじょう》朝永《ちょうえい》はそれが「観客層を押しひろげ、やがて、古典芸能の隆盛と相まって、玉城朝薫《たまぐすくちょうくん》の組踊以来の琉球における第二の文芸復興期の観を呈し、『腓城由来記』の伊波《いは》文雄《ふみお》君や、詩人古波鮫漂雁《こはざめひょうがん》氏、映画人石川文一《いしかわぶんいち》君など、これに類する戯曲に筆を染める人が輩出した。その筆頭の山里君は、沖縄の史実に取材した時代劇の外に、現代小説にも手をつけ、従来の通信社の配給による二、三流文士や二番煎じの中央作家の地方新聞向けの創作に代わって、初めて琉球の新聞に琉球人による連載小説を寄稿するなど、その活躍は目覚ましいものがあり、たしかに一頃の中央文芸における菊池寛に比べてみてもよいような勢いがあった」と述べていた。

山里は「首里城明渡し」のあと、さらに「ペルリ日記」(三〇年)、「那覇四町昔気質」(三二年)等を書き上げ、それらを纏めて三三年には『山里永吉集』を刊行していた。

山里について金城はまた先の引用のあとで「琉球文学史が書かれる場合、組踊の朝薫以上にも評価してもよくはないかとさえ思っている。その才能は、むしろ朝薫と平敷屋朝敏の両者を合わせたものに匹敵すると称しても過言ではなかろう」とまで激賞していた。

三〇年代は、そのようにあらためて琉球の歴史を再考させるような作品の登場によってふたを開けたといっていいだろう。

三二年六月、久志冨佐子《くしふさこ》の「滅びゆく琉球女の手記」が『婦人公論』に発表される。広津和郎の「さまよへる琉球人」に続いて、筆禍を受けたことで知られる。沖縄県学生会前会長と会長に「故郷の事を洗いざらい書きたてられてははなはだ迷惑の至りだから黙っていろ。又、あの中に出て来る一人物（叔父と称せられた者）のためには、皆がそうだと誤解されがちだから、謝罪しろ」と要請された作品は、沖縄の社会の陰画とでもいっていい面を、描き出したものであった。

作品は、故郷から戻ってきたものに「母の様子」を聞くため訪ねたところ、「琉球の疲弊」ぶりを聞かされるところからはじまる。「移民」や「いれずみ」に関する話、琉球人の「性質」についての指摘がなされ、「裸になれぬわれら社会の一人である」叔父が登場、九州で除隊後行方不明になって三十年、彼の存在さえ疑わしくなっているところへ、五年前、姿をあらわすが、彼の家は、没落し、貧窮のどん底にあえいでいる。彼は、「悲惨な故郷の有様に胸を打たれるよりも先にうんざりして」しまい、さっさと引き上げることにするが、その際「僕の籍はね、×県に移してありますから、実は、誰もこちらの者だってこと知らないのです。立派なところと取引きしているし、店には大学出なんかも沢山使っているので琉球人なんて知られると万事、都合が悪いのでね。家内にも実は、別府へ行くと言って出て来たやうなわけですから、そのおつもりで」と言い残して去ってしまう。叔父が帰省してきた時、私は、「小学校教師で田舎へ行っていた」ため、叔父が帰ったのち、その話を母から聞いて、叔父の「小細工を弄する心情」を哀れに思った、というものである。「滅びゆく琉球女の手記」が、沖縄県学生会前会長と会長の逆鱗にふれたのは、この「叔父」の言動について書かれた個所にあったと考えられる。そしてそれは、「秋日雑詠（一）」に歌われていたように、明治の青年たちの胸中を焦がしたものであったばかりか、昭和に入っても沖縄県学生会前会長や会長の胸中に去来したものであったのである。

山里永吉が、国王の退去した後の城に、二人の若者を向かわせ「御印判」を取り戻させたのは、そのような意識の克服を信じてのものであったかと思われるが、それは簡単に出来るようなものではなかったのである。

沖縄であることを知られたくないという思いは、「父は泡盛を飲み」「母はなお入墨の手をはたらかし」ているという習俗、慣習の違いからだけでなく、広津和郎がつとに描き出していた「琉球の中産階級は、ほとんど今滅亡の外はない」といった状態と関係していたであろう。「第一次大戦後の恐慌いらい、ひきつづく慢性的不況、昭和に入っても追いうちをかけるかのような恐慌の連続と、沖縄県経済はまさに疲れはて弱りきってしまった」といわれているように、米や芋等も不足がちになり、中毒死する危険を冒して蘇鉄を食するまでになり「この状態を人々は『蘇鉄地獄』」（安仁屋政昭　仲地哲夫「慢性的不況と県経済の再編」『沖縄県史　3経済』）と呼んだ。「蘇鉄地獄」の現出や、「経済亡国の好見本」だと騒ぎたてられるような状態は、できるならふせて置きたいと思うのが人情というものであった。それを「滅びゆく琉球女の手記」は、まさしく「洗いざらい書きたて」ていたのである。

作者は「叔父」が「九州の或る街で除隊になったまま、突然行方不明になったのは、三十年も前のことであった」と書いていた。沖縄に徴兵令が敷かれたのは一八九八年であることからすると、叔父が徴兵され訓練を受けた時期は、徴兵令が敷かれて間もなくのことであったということになる。

二〇歳になると、徴兵検査を受け、合格すると所属部隊に編入され、現役兵として陸軍三年間、海軍四年間、兵役に服することになるが、「現役兵の入営は、毎年一二月一日とされ、沖縄から徴募した現役兵の入営先は、陸軍が第六師団の第十三連隊（熊本）、第二十三連隊（同上）、第四十五連隊（鹿児島）、第四十五連隊（同上）と第十二師団の第十四連隊（小倉）、第二十四連隊（福岡）、第四十七連隊（小倉北方）、第四十八連隊（久留米）のいずれも九州地方の八か所で、海兵隊は佐世保海兵団であった」（「第五節　徴兵令の実施と県民の対応」『沖縄県史1通史』）という。

吉田裕は『日本の軍隊―兵士たちの近代史―』の中で「沖縄出身者には固有の問題があった。日本の場合、入営はすべて本籍地を基準にして行われ、原則として歩兵は本籍地が属する連隊区の歩兵連隊、砲兵などのその他の兵種は本籍地が属する師管区の部隊に入営する。つまり、各地域は、その地域の出身者を中心にして編成され郷土部隊を持っていて、そのことが軍隊と各々の地域の人々の間に独特の一体感をつくり出していたのである。／ところが、沖縄だけは固有の郷土部隊を持たず、沖縄連隊区から徴集された歩兵は、九州各地の歩兵連隊に分散して入営させられた。このため、沖縄県出身者は、とりわけ厳しい環境の下におかれたのである。一九〇九（明治四二）年に小倉の歩兵第一四連隊に入隊した中野紫葉は、一九一三（大正二）年に出版した『新兵生活』の中で、こう書いている」として、「我班に沖縄兵が五名許り居る。渠等は実に可愛相である。風俗、言語を異にし、母郷を去つて雲煙万里の内地に来て居る。（中略）渠等は東西已に不明である。内地人の中に加つて言語を冒頭に覚えなければならぬ」といった個所を引いていた。

「叔父」が、「除隊」したのち「行方不明」になったのは、「可愛相」な新兵生活を送ったことにあるだろうし、そこで彼が決意したのは、「琉球人の琉の字も」匂わせない、「母郷」を決して口にしない、ということだったに違いない。そしてそれは、決して彼一人の決意であったわけではないのである。

県学生会の二人が抗議せずにはいられなかった一つには、そのことにたいして、一片の同情すらよせず、「憐れに思われた」といって切り捨てたことにあるだろう。

「滅びゆく琉球女の手記」から二年後の三四年、宮城聰《みやぎそう》の作品「故郷は地球」が『東京日日新聞』『大阪毎日新聞』二紙の夕刊に連載される。

宮城は里見弴に師事し、里見の推薦を受けて、沖縄初の新進作家として東京の文壇に登場した。その初期を飾った一篇が「故郷は地球」であった。

それは、上京し、雑誌の編集部に在籍している主人公が体験した、沖縄をめぐる同僚たちとの確執及び雑誌の寄稿者たちや周囲の者たちの一知半解ぶりを描くとともに、知名人を紹介してほしいと訪ねてくる主人公を訪ねてくる同県人、そして沖縄を扱った作品への抗議を援助してほしいと訪ねてくる沖縄県出身者たち、さらには出稼ぎで出て来た紡績女工たちの立ち居振る舞いが書かれていて、最後に、ホノルルを訪れ、故郷を同じくするものに案内されて、観光地をまわったこと、「垂れ下がったマンゴー」を見ていると、ボーイが「サントスの従兄」から送られてきた書簡を持ってきたこと、そこに「吾々の祖父母の位牌はサントスに」きているのだから、北米に来るなら「祖先拝み旁々、ブラジルまで来ませんか」

とあって、作品は「サントスも、親友のいるヴェノスアイレスも一夜の海路のように近く思った」と閉じられていた。

「故郷は地球」のホノルルの個所は、とってつけたように見えるが、それは、日本での故郷をめぐるうんざりせざるを得ないような思いから解放されたばかりでなく、故郷は、まさしく「地球」なのだといったことを示そうとしたものであったと取れる。

「故郷は地球」だという思いを強く抱かせるのは、そうではないかたちで「故郷」と向かい合わざるをえないという状況が生んだものだったのである。

―昨夜《ゆうべ》、うちのお袋が、君が琉球人だと聞いて、ぢゃ西田さんは琉球の生蕃《せいばん》かといったので、家中の者が腹を捻ぢらして大笑いしたよ―新年号の創作を毎日催促している作者から知らされると、それは多くの人が自分たち県人へ対する心の底を素直にいい現したものだと思った。―こういう差別待遇を彼方此方で受けているると、最初は何の躊躇もなくいえた故郷を、暗い気持ちで九州とか遠い所ですよなどとごまかしたい心になりながら渋々答えた。おまけに新聞や雑誌に故郷に関する不名誉な記事がひっきりなしに出た。すると西田は酷《ひど》く故郷を恥じるようになって、自然自分の言葉に対しても気が引けるので、吃り勝ちで明朗を失った。態度にも晦渋な所作が現れた。所が故郷の不名誉な記事は、新年になっても終息しないで却って大物が飛び出した。殊《こと》に先進と同じ正月の二十日発売された二月号の日本論壇には、西田にもいくらか直接に関係のある欺瞞《ぎまん》する琉球人という創作が掲載された。

雑誌社「先進」の編集部に勤める西田は、「寄稿家たちから、故郷《くに》は何処か」ときかれる。「沖縄と答えると、じゃ琉球だね」とくるので、西田は「ええ、そうです」と返しはするものの、その後で「嘘を云ったような、侮辱を受けたような、そんな小さい問題はどうでもいいと云ったような心が重なり」合って、「複雑な感情」にとらわれる。そのような、状態にある西田の前に、反目している彼の同僚が「故郷に関する不名誉な記事」の掲載された新聞や雑誌を目に入るように故意に置いていく。

新聞や雑誌に掲載されている記事というのは、「蘇鉄地獄の琉球」というのだったり、琉球の風俗を面白おかしく描いた「出鱈目」な漫画であったり、「女が仔豚を頭に載せて売りに行く。便所は豚で、たれた便は豚が来て食ってしまう。豚の尻の肉を切り取って食用にし、傷痕に赤土を摩《す》り込んで置くとそれが肉になる。豚は即ち便所兼食料品兼冷蔵庫だ。女ばかりが働いて男は辻の名称を持った遊郭、待合、旅館、料理屋の全機能を備えた調法な場所で、明け暮れ泡盛とジャビ線に入り浸っている。少年たちは十歳になると母親から十銭もらって辻で娼妓を買う。娼妓共はこんな少年たちを愛してよく心中する」といったようなものであった。

西田が、故郷を恥じ、出自を隠したくなったりして、「吃り勝ちで明朗」さを失っていくのも、そのような新聞記事、雑誌記事が相次いで出て来るからであるが、そこにあらわれてきたのが「欺瞞する琉球人」であった。

「欺瞞する琉球人」とは、「さまよへる琉球人」のことであった。

「故郷は地球」は、大正から昭和へと変わったばかりの時代が描かれていたが、大正末、「今の時代に勇士となるには、先ず東京に出なければならない、と考えつづけていた」者が、上京してきて直面したのは、そのような偏見の渦なしている事態だったのである。

「滅びゆく琉球女の手記」の主人公は、小学校の先生であったのを止めて上京していた。「故郷は地球」の主人公も、「島の教師を」止めて上京していた。前者の主人公が、どのような理由で上京したのかは、作品が途絶したため解らないが、後者の主人公の考えていたことそう隔たっていなかったはずである。それぞれに夢を達成するためには、上京しなければならない、と思ったに違いないのである。そして、それぞれに、上京してきて直面したのが、郷里では思い及ぶこともなかった「琉球」であった。一方は、自分の係累に、一方は職場の同僚に向かい合うかたちで。

宮城聰は、作家になることをめざして上京し、里見弴に師事し、彼の推薦で「故郷は地球」を皮切りに代表作となる「生活の誕生」をはじめ「樫の芽生え」「ジャガス」などを発表、三六年には『創作集ホノルル』を刊行、作家としての地歩を築いていった。

三〇年代は、沖縄出身で初めて作家生活に入ったのが出て来たということで、沖縄文学史に花を添える出来事の起こった時代である。

三四年には、宮城の他に、注目すべき作家が登場していた。与儀正昌《よぎせいしょう》である。

与儀の作品「榕樹」が『文学界』復活号第一巻第一号に掲載されたのは一九三四年六月である。小林秀雄は「編集後記」で、「復活第一号としては恥ずかしからぬ内容だ。創作のうち、与儀正昌氏は横光利一推薦の新人、恐らく与儀氏最初の発表だろうと思う」と書いていた。

与儀正昌は、一九二七年ごろ発刊されていた同人誌『街灯』に新木孤星の筆名で「斑点のもたらした死」などを発表していたが、有力な文芸雑誌の巻頭を飾ったのは、小林もいう通り、これが多分「最初」であった。そしてそれは、横光利一の推薦であったということで、華々しい登場であったといっていい。

文学で身を立てようとしてもがき苦しんで来た幾年間、僕はもう精も根も尽きはてていた。その道の無能無才を以って大志を抱いたとて始まらない。地にかじっても食えないに決まっている生活の淵を目ざしてどうして妻を率いて進むことが出来よう。僕はおとなしく百姓に帰ることを決心して彼女に帰省の相談を持ちかけたのだった。彼女は帰った後の先夫とのいざこざを慮っていた。けれども要するに彼女を説き伏せて、一旦帰省することに話を決めていた。いよいよ明後日は出発という日になって、僕は長い間指導を仰いで来た恩師のもとに挨拶に出た。すると、意外にももう少し頑張ってみたらとのことであった。短い小説が出来たら世話をしてやろうとまで言ってくれた。全く意外であった。その時僕の目はきっと稲妻のようにさっと光ったに違いない。野心の嵐がまたしても僕の身内に吹きまくって来た。自分の才能に初めてある種の期待を感じ得た僕はもうすっかり文壇にでたような気持であった。

詩花・末吉安持以来といってもいいし、山城正忠の「鶴岡という男」にみられる「私もあなたのように文学をやります」といった男、さらには彼に「あなたのように」といわれた男のようにといってもいいだろうが、いったい幾人の青年たちが、「文学」をやりたいという思いを抱いて上京してきただろうか。

近い所では宮城聰がそうだった。沖縄で、同人誌に作品を発表するとともに、東京で発刊されていた雑誌に作品を投稿していた与儀正昌も、作家を目指して上京してきたに違いない。そして、「長い間指導を仰いで来た恩師」の推薦を受け、やっと作品を発表できそうなところまでこぎつけたのである。

「榕樹」は、たぶん、与儀自身の体験を多く取り入れて書かれていた。「文学で身を立てようとして」上京し、刻苦勉励しているところへ、先夫から逃れるようにして上京してきた女性がころがりこんだことで同棲生活を始めるが、生活の逼迫に加え、女性の不身持に悩まされ、挙句の果て、「世話してやろう」といわれ期待していた小説も「駄目になった」ことがわかり、絶望してしまう。

華々しいデビューを飾ったといっていい作品は、皮肉にも、作品の発表が「駄目になった」作家志望の男を主人公にしていたが、それはまた、上京してきた多くの作家志望者がたどった道であったといっていいだろう。

与儀は、そのなかで、少なくとも、雑誌を飾る作品を発表することの出来たひとりであった。そして他の一篇も、川端康成の推薦を受けて発表されるという、信じがたい幸運にめぐまれての出発をしていたのである。川端の推薦を受けて同じく『文学界』に「顚末」が掲載されたのは三五年三月である。

「顚末」は、沖縄の田舎の村を舞台にしたものである。村の名前は「姫住村」。村の有力者の娘婿・我部の行状を描いたものであるが、その一つが「銅山」をめぐる出来事であり、その二つが「跡継ぎ」に関する件であり、その三つが「斑点」の問題である。

欧州戦争直後、企業の手が琉球くんだりまで延びて来ると、それに応じて俄か山師だちも沢山現れ、琉球の山々は鉱脈がありはしないかという彼らのあてずっぽな了見から所どころ穴をあけられた。姫住山の村元の親爺は噂にその話を聞いていた間は、それがまるで夢の国の美しい物語でゞもあるかのようにたゞ不思議そうに聞き流していた。彼にはそれが由緒ある我が姫住村のお山に実現されようなどゝは夢にも思えなかったからである。ところが科学の暴力は遂にその村にまで延びて来て、村の風上にある小山の中腹に生々しい風穴があけられると、さすがに彼もすっかり狼狽してしまった。

「顛末」は、そのように始まっていく。「姫住山の村元の親爺」が「狼狽」するのは、その「お山」が、伝説に残る神聖な山であるとともに、娘婿の所有する山の一部でもあったからである。そこで娘婿との確執が始まっていくが、「鉱山が駄目になった」ことで、問題は収束する。「親爺」の家の「後継者」の件も、親爺の三番目の娘、智慧の足りない娘に、男の児が生まれたことで、なんとなく解消しそうだが、我部は、「斑点」のできる病気に冒され、悪化し、体が崩れはじめ、どこにも顔をださなくなる。これまでの悲運を挽回するためだったとはいえ神聖な山に穴を開けたこと、「後継者」問題を解決する手段だったとはいえ智慧の足りない義理の妹のもとに忍び込んでいったことなど「他人の運命を荒らしまわった」ことに「生きた心地も」しない。寝床に横たわっていると「誰ゆ恨みとて鳴ちゆがゆむ烏、呪いする者と罰や共に」という、古歌を踏まえた歌を歌う声が流れて来て、それが「天の叱責のように思われて」いたたまれず、家を飛び出していったまま「翌朝左側の谷間の底から彼の体が発見」される。

我部の死は、肉体を蝕む病気が直接的な原因となっていた。そしてその病気は、一九二七年『街灯』に発表された習作「斑点のもたらした死」にすでに見られた。与儀が、その病気にこだわっていたことがわかるのだが、「顛末」で注目すべきものといえば、「科学の暴力」というのがあった。

「科学の暴力」は、「文明の暴力」といってもいいだろう。よりわかりやすくいえば「開発の暴力」あるいは「企業の暴力」といっていい。いわゆる「企業の手」が「欧州戦争直後」「琉球くんだりまで延びて来る」というのである。

作品は、当時の「琉球」を、次のように描いていた。

> 夏、琉球の片田舎を旅行する人々には楽しい情景の一つだが、琉球の百姓だちはよく垣根の下の道路の上に莫蓙を持ち出してお茶を飲んでいる。日中の屋内は堪らないからである。榕樹や福木の鬱蒼と茂り立った垣根のビルヂングとビルヂングの間は、そこだけが風が生き残っているかのように、時々微風が肌を撫でゝ

通る。百姓だちはそこで肌脱ぎになって殆ど半裸体の姿でお茶を飲んでいるのである。中には褌一本で寝転がっているのも珍しくない。女だちは偉大なもしくは干からびた乾魚のようになった乳房をぶら下げて芭蕉糸など紡いでいるが、流石に娘だちだけはたとえ肌脱ぎにはなっても、着物の袖と袖とを乳房の上でぎゅっと結びつけ、僅かに肩先だけをのぞかせているにすぎない。彼女だちは大抵真っ白な顔をしてパナマ帽を編んでいる。この垣根の下の休息は殆どあらゆる家の昼食後の日課になっているので、その時刻に道を通る村人だちは五町も行くうちには何べんとなく立ち止まって挨拶をしなければならない。彼らのうちの或る者はよく勧められるまゝに坐りこんでお茶を振る舞われる。

その光景は、「奥間巡査」に出て来る「特種部落」と大差ない。「榕樹、ピンギ、梯梧、福木などの亜熱帯植物が亭々と聳え、鬱蒼と茂り合った陰に群がった一部落。家々の周囲には竹やレークの生け垣が」あり、朝、男たちが出かけると「女たちは涼しい樹陰に筵を敷いて、悠長でしかも一種哀調を帯びた琉球の俗謡を謡いながら帽子を編む」といった光景が、町の近くの村から田舎の村にかけてごく普通に見られた。そのように亜熱帯植物の生い茂る下陰で、お茶を飲んだり、帽子を編んだりしていて、いってみれば顔見知りの世界であったところへ、「坑夫」たちが乗り込んでくる、さらには「ブローカー」が顔を出してくるといったような事態が出現するのである。

太田朝敷《おおたちょうふ》は『沖縄県政五十年』のなかで「欧州大戦は大正三年から始まり、五年六年は戦況まさに酣で、我が日本の如きは、戦争に参加したとはいうものの、一方欧州諸国に代って物資供給の任に当たったのであるから、全国を通じて経済界は未曽有の景気を呈したのであるが、この未曽有の景気も、その影響は殆ど本県には及んで来なかったのである。只久原商会が慶良間の銅山に手を出したのを、本部、今帰仁のマンガン鉱に見込みがあるという噂につられて、多少騒ぎ出したものがある位で、戦時の影響と見るべきものは、大正五年から七年に至る間に牛皮、鉱石等が三年を通じて二百二、三十万円ばかり移出されたに過ぎない」と書いていた。太田が指摘しているように本部、今帰仁の「マンガン鉱」の話は、噂になって「多少騒ぎ出したものがある位で」終わったのだろうが、鉱脈探しがなくなったわけではなかった。

一九〇九年は「琉球文芸復興の第一年だ」と声をあげ、以来明治末から大正初期にかけて、沖縄の文界をリードしてきた伊波月城の、まさしく久しぶりといっていい文章が、一九二四年四月一三日付『沖縄タイムス』に掲載されている。月城は、そこで「一行はウエグスクという所に行って現に掘っている状態を視察した。ここは洞穴ではなく麦畑になっている。モウ高さ一丈位掘ってあった。出た鉱石は規則正しく積んであった。城間君は惜しいことをしたとこぼしている。鉱石を掘り出さずに、只土だけのけて層を示して置けばよかったのにと云うている。そこは発見者が最も望みを□している個所であるけれども、城間君は有望というてくれない。もっと掘って層を現して見なければ判らないというている。ところが二三日前一丈六尺の層が現れたことを報じて来たので、これ□城間君も有望というてくれるであろう」（□不明個所、以下同）と書いているところを見ると、文学から足を洗い、山師のような仕事をしていたように見える。

沖縄の文学として初めて多くの論者が好意的に論じた作品「九年母」を痛烈に批判し、末吉安持の『明星』に発表された詩は、安持が歌っていた「琉歌」に数段もおとると批判した月城が、三〇年代の作品をどのように評したか知りたいところだが、その頃にはもう文学作品などと無関係な仕事に没頭していたかに見える。月城をして、山師のような仕事に向かわしてしまうほどに、時代は大きく変わりはじめていたことを、「顛末」は示すものとなっていた。

三十年代の文学作品は、一つには、これまで取り上げられることのなかったハワイ体験、二つには、昔通りの生活に浸かっていた人々のまえに、「科学の暴力」が姿を現しはじめていたことをまざまざと知らせるものとなっていた。

里見弴の推薦を受け「新進作家」として登場した宮城聰、同時代の文壇を風靡した横光利一、川端康成の推薦を受けて登場した与儀正昌に次いで登場してきたのは、石野径一郎《いしのけいいちろう》である。

石野径一郎の出発を飾ったといえる作品「梅雨期前後」が、同人誌『作家群』に発表されたのは三五年一二月。そして三七年八月、『作品』主催の「第四回　新人コンクール」に、石野の「決闘」が『作品群』を代表する作品として出されていたが、生徒たちの決闘というテーマは、「梅雨期前後」にすでに表れていた。

「梅雨期前後」は、田舎の優秀な子が、中学進学のために、町の学校へ転校して行くという、筋だけでいえばそれだけのものであるが、そこには田舎における大きな問題が取り上げられていた。「金持ちと貧乏人」そして「百姓の成り上がりと士族の落ちぶれ」という対立である。それは、息子が偉くなるかどうかによって変化する。前者はともかく後者には「誇り」の問題があった。

息子を町の学校に送り出すことになって、父親は言う。

「お前の気性は充分わかっとるぜ。…が、それよりも前に、お前には義務がある。お前は父さんの為にも偉くなって呉れなくちゃ困る。…お前の為だけじゃねえ。先祖の為にじゃ！…故郷へ帰らなけりゃならん。城下へ帰るんじゃよ。家が名門の出だと云うことをお前は片時もわすれちゃならんぞ。」

ここに全てがあった。息子が偉くなってくれなくては困る。それは貧乏からの脱出ということだけの問題ではない。大切なのは、故郷、すなわち城下へ帰るためである。「お前の為だけ」でなく、「先祖の為」なのである。

父親は、廃藩置県後、祖父とともに城下町を去らざるを得ず、田舎に下ってなれぬ農業をやっているのであるが、心の中には常に「士族」という意識があって、ことあるごとにそれが頭を擡げて来るのである。

「梅雨期前後」は、廃藩置県によって、都から田舎へ下った者たちが、農業をやりながらも百姓になりきれず、いつまでも都を恋い慕う気持ちを捨てきれずにいることを書いたものであった。

三七年五月同じく『作家群』に発表された「屋取譜」は、「梅雨期前後」と重なるものであるが、もちろん、「梅雨期前後」とは異なるものがあった。

真一は「東西《とざい》とうざい！」と、おどけた声を出し、今度は坐り直し、枯れた渋い声で静かに喉をふるわせ始めた。

「この世間の栄衰《さかえおとろ》えや、夏と冬ごころ行き替り替り、散々《ちり》にやつれ果て、この形《なり》よなれば、哀れ妻子の生き死にのことも、便無《たよりね》んあれば、音信《おとづれ》も聞かぬ」「…どじゃ、上手えもんじゃろが、この森川の心が分からなくちゃ斯うは語れんもんじゃ…」

マツは黙って頷いた。今夜に限って、何も「森川」なんぞを語って呉れなくともいいのだ。と、マツは真一の十番を皮肉に思った。—それは、森川と云う首里の浪人者が中頭郡を越して遠く国頭郡まで流れて行き、塩屋村の屋取に入って苦労する事を筋にとった、古い組踊の一節であった。

真一が「何処かの御殿の古典劇会によばれて」行った夢からさめ、もったいないことをした、といいながら、その古典劇の一節を披露する場面である。

王国時代、冊封使歓待のために演ぜられた組踊は、十八世紀初頭玉城朝薫によって完成を見たが、琉球王府の解体とともに、地方に伝播し、各地で演ぜられるようになっていた。その伝播者は、都落ちした「士族」たちであった。作品で語られる「森川」というのは「花売の縁」の主人公の名前で、都落ちして田舎で暮らしているのを、都に残してきた妻子が探しにきて、再会するというものであった。

都に上り、お家を再興したいと夢見ているものに、「花売の縁」は、激しく迫って来るものがあったのである。

父親の真一が「花売の縁」に心惹かれていくように、息子の真太もまた「手水の縁」の「序曲」を聞くだけで、「足も心も宙に浮きだすような感じ」を味わう。「手水の縁」は、恋愛を扱った唯一の組踊として知られるものであり、夢見がちな少年の心を焦がさずにはおかないものがあった。

「組踊」は、そのように父親にとっても息子にとっても、それぞれの思いを託すことのできるものであったことで作品を飾るものになったといえるが、それ以上に、「大昔からある立派な琉球の芸術」として「組踊」が沖縄文学に登場してきたことの意義は大きい。

打木村治は、石野の作品をとりあげ「この作者は前に『梅雨期前後』という佳作を持って認められたが、その後の諸作はあまり振るわなかった。『屋取譜』に来て、はじめて作者は前の数倍の大きさを持って立ち直った感が深い。この作は、素晴らしいローカル・カラー（生活感情・生産関係を特に含めて）を描出しただけでも一つの価値を持っている。加之、或る高さに到達した心境から流れ出た小説という、香気というか美しさというか、そうしたものを柔らかく含んでいる」と評していた。

「九年母」評に見られた「ローカル・カラー」が、ここでも現れてくる。

石野径一郎は、三七年二月号『作家群』で「去年は農村物ばかり書いて来たけれども、書きたいのは市井物と、琉球の歴史物だ。後者は誰も手を付けてくれそうにないからだ」と書いていたが、八重山の歴史を彩った傑物を扱った伊波南哲の「オヤケ・アカハチ」が、前年三六年には発表されていたことを知らなかったのだろうか。

「琉球の歴史物」という点では、山里永吉の「首里城明渡し」一連の作品があった。伊波の作品は、あらためて「琉球の歴史物」に光をあてたものだった。石野が伊波の作品を読んでなかったにせよ、石野をはじめ「琉球の歴史」への関心が、沖縄の作家たちに高まりはじめていたことが感じられる。

三〇年代の最後を飾るかのように現れたのが山之口貘《やまのぐちばく》の『思弁の苑』であり、山城正忠の『紙銭を焼く』であった。

山之口貘は早くから『八重山新報』に詩や短歌を三路のペンネームで発表、上京後、いろいろな雑誌に詩や小説を発表すると同時に佐藤春夫の作品「放浪三昧」のモデルともなり、作品よりはむしろその貧乏生活で知られていたかと思う。

『思弁の苑』は、詩壇に衝撃をもたらした。対句・対語を駆使した問答体とでもいっていい形式、ユーモアやペーソスを漂わす自己省察、なによりもやさしい言葉を使いながら事の本質を浮かびあげ行く手法は、外国の詩の方法を追うに忙しい詩壇とは詩への向き合い方を異にした。

『思弁の苑』は、巻尾から巻頭へと制作順に並べられていて、貘の上京からその後の生活のいちいちが歌われていたが、それらの詩編のどこを探しても「琉球」という言葉が全く出て来ないという、大切な問題が潜んでいた。あきらかに、「琉球」をうたっていながら「琉球」という言葉を使うことがなかったのである。

お国は？　と女が言った
さて　僕の国はどこなんだか　とにかく僕は煙草に火をつけるんだが　刺青と蛇皮線などの連想を染めて　図案のような風俗をしているあの僕の国か！
ずっとむこう

ずっとむこうとは？　と女が言った
それはずっとむこう　日本列島の南端の一寸手前なんだが　頭上に豚をのせる女がいるとか　素足で歩くとかいうような　憂鬱な方角を習慣しているあの僕の国か！
南方

南方とは？　と女が言った
南方は南方　濃藍の海に住んでいるあの常夏の地帯、龍舌蘭と梯梧と阿旦とパパイヤなどの植物たちが　白い季節を被って寄り添っているんだが　あれは日本人ではないとか　日本語は通じるかなどと話し合いながら　世間の既成概念たちが寄留するあの僕の国か！
亜熱帯

アネッタイ！　と女は言った
亜熱帯なんだが　僕の女よ　眼の前に見える亜熱帯がみえないのか！　このぼく
のように　日本語の通じる日本人が　即ち亜熱帯に生まれた僕らなんだと僕は思
うんだが　酋長だの土人だの唐手だの泡盛だのの同義語でも眺めるかのように
世間の偏見たちが眺めるあの僕の国か！
赤道直下のあの近所

「会話」と題された、よく知られた一篇である。繰り返される「僕の国か！」に、言い知れぬ複雑な思いがこめられていた。「僕の国」がどこを指しているか一目瞭然であるにもかかわらず、「琉球」という言葉が出てこない。そこには、その言葉で詩人がいかに傷ついたかが隠されていた。

「会話」には、沖縄近代詩の出発期を飾った摩文仁朝信の「秋日雑詠（一）」に歌われた

「女」から、いくらも変わらない「女」が歌われていたが、「女」は他でもなく「日本」に住む大衆をさしていたといっていいだろう。

三八年は、『思弁の苑』が刊行され、詩壇においては途轍もなく大きな収穫のあった年だが、歌壇でも山城正忠の『紙銭を焼く』が発刊され、やはり大きな収穫のある年となった。山城は、一九一〇年前から新詩社に属し、『明星』に作品を発表、沖縄を代表する歌人として知られていただけでなく、沖縄の新聞歌壇の選者として沖縄の歌壇を領導し「沖縄文壇の巨匠」として知られていただけに、歌集がないのが不思議だといえた。それが、やっと出たのである。

『紙銭を焼く』に収められたのは、しかし一九三二年から三七年までの間、『冬柏』に発表された「二千八十余首のうちから、晶子先生の御手を煩わして、千余首の寛撰をお願いし、さらにその内の七百六十二首だけを」正忠自身で選び、編集したものであった。

干瀬に啼くとりや満ち潮うま《ママ》みゆい我身や暁の鶏どうらむ　読人知らず

他は他としわれ改めずあはれ児の新盆なるぞ紙銭を焼かん　著者

「与謝野寛先生と鯛二の墓前に捧ぐ」として二首を並べて山城は作品集の扉に置いてある。一首目は鉄幹に、二首目は亡き我が子に捧げたものであるが、鉄幹への挽歌はよく知られた「琉歌」を使っていた。それは、師を偲ぶのに最もふさわしいものとして選ばれたのであろうが、一般の読者、とりわけ日本の読者には理解できただろうか。

山城の『紙銭を焼く』の編集は、普通ではない。歌集は九つの章で構成されているが、どの章もその巻頭に「琉歌」一首を置いていたのである。例えば「草枕抄」の章の巻頭には「旅や浜やどりくさの葉どまくらねても忘れらぬ我親のおそば」といったようにである。「琉歌」は章の内容と関係のあるのが選ばれていたが、なぜそのようにする必要があったのだろうか。

ここには「僕の国」は、と逡巡する姿とは、あきらかに異なる姿勢が見られた。

伊波普猷は、歌集の「跋」を閉じるにあたって、「正忠君が更に第二第三の歌集を出して、南島人の基調音を中央の歌壇に伝えるであろうことを、私は期待している」と書いていた。正忠のうたが、「南島人の基調音」をよく伝えるものになっているということを、伊波は言っているのだが、三〇年代は、その「南島の基調音」を、全くことなる形で、詩人と歌人が、中央の詩壇と歌壇に伝えていたのである。

5、一九四〇年代の文学（1）

一九四〇年代の文学は、四五年を境にして前期と後期に分けられる。所謂戦前と戦後というようにだが、両者の違いは歴然としている。

四〇年は、大きな論争で開けた。いわゆる「方言論争」（標準語論争）である。

一九四〇年早々、沖縄観光協会と郷土協会は合同で、沖縄を訪れた日本民芸協会同人一同をまねいて「観光を主とする座談会」を行う。その席上、民芸協会同人から「標準語の普及の必要はいうまでもないがそのために地方語を軽蔑したり絶滅しようとする運動には賛成できない」といった意見が出たのに対し、「標準語運動は県の大方針として、もっと徹底的にやるつもりである。沖縄は特殊な事情のある所で他県の方言とは違う。標準語の普及は県政の上からも刻下の急務である。観光客が一時的の興味から方言をよろこび、それを保存しろなどと云われては困る。県の方針に協力して貫いたい」といった返答がなされ、一年に及ぶ論争が始まっていく。

論争は、つづめて云えば、「政治上の見地と文化上の見地に於ける、意見の衝突」であり「言葉を代えて云えば、功利主義の立場にある人々の思想と、美を愛する文化主義の人々との間に於ける、絶対的なる意見の衝突である」（萩原朔太郎「為政者と文化」）ということになろうが、論争の過程を通じて、次のような発言が見られた。

1、県民よ、公用の言葉として標準語を勤めて勉強されよ。だが同時に諸氏の祖先から伝わった土地の言葉を熱愛されよ。其の言葉はあの女詩人恩納なべの雄渾無比なる詩歌を生んだ其の言葉なるを自覚されよ。諸氏の中から沖縄口を以て偉大なる文学を生む迄にそれを高揚せしめよ。其の時こそは沖縄の存在は日本全土の注目を集めるであろう。しかも世界の人々が翻訳を志して遂に沖縄語を孜々と学ぶまでに至るであろう（柳宗悦「国語問題に関し沖縄県学務部に答えるの書」）。

2、数年まえ東京で見た古典劇の少女の金鈴を振るような発声の美しさが、私を沖縄へ誘った半分の原因である。又その国のことばの発想や感覚がおそらく生かされているものと考えられるような、新しいことばを示してくれるユニークな詩人を一人東京で知っている。沖縄で生まれた山ノ内氏である。そうしてこの詩人の生むことばは、中に沖縄の古典詩も生きているが、すでに現代の沖縄の生んだものである。（保田與重郎「偶感と希望」）。

3、文学の方では、農民文学が唱えられてから、めっきり地方語がふえて来た。この頃はだいぶ行き過ぎと思われるものがあるし、ラジオ文芸では、顔をしかめるような「地方語」が平気で使われている。こんなのは困りものであるが、文学の肉体に見事に生かされた地方語が少なくない。伊藤永之介の作品における秋田弁などその一つだ。旧くは鈴木三重吉や上司小剣の作品に名古屋弁や大阪言葉が、文学的に生かされたにとどまったが、それにくらべると、大きな進歩と云ってよかろう。こういう文学上の努力が、そこにある地方語が取り入れられると否とに拘らず将来の（国語の）完成にたいして、知らず識らずのうちに、大きな寄与をしているのは争えない（月刊民芸編集部「その後の琉球問題」括弧内引用者注）。

1は、琉球語表現が生んだ素晴らしい文学があることを自覚し、さらに「沖縄口を以て偉大なる文学」を生んでほしいといった希望を述べたものである。2の「山ノ内」は、「山之口」の記憶違いでなければ誤植だろうが、その詩にみられる「ことば」のユニークさが、郷土を沖縄とすることによるものとしていた。3は、「農民文学」の流行で、「地方語」になる作品の氾濫に問題がないわけではないが、それが「国語」を豊かにする一階梯でもあると論じたものである。

「琉球文学」は、叙事歌謡、抒情歌、組踊そして歌劇と歩んできたが、散文を登場させるまでに至らなかった。琉球処分といった一王国の歴史を滅ぼす動乱が起こらなければ、散文の登場といった文学の普遍的な発展段階を沖縄の文学も踏んだのではないかと考えられるが、そこまで至ることがなかった。四〇年代になると、沖縄内部で琉球語による散文といった考えはなくなっていたのではないかと思えるが、「沖縄口を以て偉大なる文学を」という言葉には驚かざるをえなかったのではないか。

三六年の伊波南哲の「オヤケアカハチ」、翌三七年の石野径一郎の「屋取譜」などは、当時はやりの「農民小説」と無関係ではないだろうし、それぞれに話題を呼んだといっていいが、四二年になると、文学の様相も大きくかわっていく。

そのことをよく語っている一つが宮城聰の『ハワイ』の刊行であった。同書は三六年七月に刊行した『ホノルル』の増補改訂版であるが、両者のあいだでは大きく異なるものがあった。「ジャガス」を例にとれば「ここの耕主は顔だけは人間だが、それこそ地獄の鬼でもこんな酷い心は持っていないのだ、鬼は人間にいると聞いたが、耕主のことだった。いや耕主ばかりではない。アメリカ人は皆鬼だ、鬼でなくて、どうしてピストルで脅して火の中に飛び込まして殺すことが出来るか、そうだ、鬼を退治するのは日本の男だ、俺は生命を賭けてやる考えしている」といった言葉が、初出にはなく、増補改訂版になって、書き加えられているのである。

アメリカ人は鬼で、鬼を退治するのは日本の男だ、といったような言葉が付け加わってきたのは、一九四一年一二月に起こった真珠湾攻撃で、米国との間に戦争が始まったことにある。太平洋戦争の勃発は、宮城を変えたばかりではない。

四二年四月刊行された宮城の『ハワイ』に続いて、八月伊波南哲の『南島の情熱　ふるさと物語』が刊行されている。

『南島の情熱　ふるさと物語』は、一八年ぶりに帰省し、見聞したことを書いたものである。伊波は「地方文化の高揚の叫ばれている今日―さらに大東亜戦争勃発とともに、南方への触覚の動く時、これら南方進出への拠点としての琉球と八重山が」この本によって知られることは嬉しいことであるとして民俗、民謡、伝説、天体、植物その他について関心のおもむくまま書き綴っていた。

例えば、その一つ「巻踊」を見ての感想を、次のように記している。

そこで考えられることは、巻踊の中央に旗を振る男と、それを取囲んで一晩中、巻踊をする村の男女のことを思うと、日本の国体をシンボライズしたような感じがしてならない。

即ち、天皇中心の民族協同体を示した、巻踊のジャンルではないか、という風に考えてくるとき愈々興味が湧いてくる。

中心帰一の大理想―しかも中心を取り囲む民族は一家族であり、同じ協同の目的のために夜を徹するのである。

巻踊は、悪霊を払い、豊穣を予祝するための踊りであるといわれているものである。その踊りが「天皇中心の民族協同体を示した」ものとして見られるようになるのである。伊波はまた、亜熱帯植物の陰で休息する「皇軍の勇士」を思い、お客さんがそれらの植物を買うようになったという花屋さんの話から、祖先が南から渡ってきたという学説は単なる学説というだけでなく、それは、私たちが「遠い祖先のふるさとへ還るべく郷愁に襲われて」いるからではないかと考えられるといい、「この郷愁は切実なものであり、日本民族の血液として争えないもののようでもあった」として、次のように続けていた。

然し、久しい世紀を米英の触手によって私たちの正しい血の道が封じられ、郷愁を単なるエキゾチックなものたらしめたということは、断じて許すべからざることであった。

その点から考えても、米英こそは日本民族の南方への郷愁を、遠い血族の地への憧れを封鎖した宿敵で、その執拗な魔手を殲滅することなしには、いつまで経っても甘い感傷に終わったであろう。

それが大東亜戦争勃発と同時に、アジヤ民族解放のために敢然として立ちあがったわが皇軍の勇士の、勇猛果敢なる大進撃によって、私たちの正しい血の流れをせき止めていた米英の宿敵を、一挙にして葬り去ったということは感謝してあまりあることである。然し、これこそは自然の帰趨であり、日本民族の郷愁を単なる郷愁として終わらせることなく、生々しい現実の問題として久しい間の憧れを満たしてくれたということにもなる。

人々は、「大東亜戦争」を「アジヤ民族解放のため」の戦いであると信じ、「勇猛果敢なる大進撃」で「米英の宿敵を、一挙にして葬り去った」という報道に歓声をあげた。伊波ももちろんそのなかの一人であったわけだが、彼が、他と異なる点があったとすれば、「日本民族の郷愁」といった観点にたって戦争を見たという点かも知れない。

宮城の『ハワイ』に見られる増補部分の文章や、伊波の『南島の情熱　ふるさと物語』に見られる文章が書かれていくような状況で、戦争と関わりのない小説を書くことは難しくなっていたに違いない。

四三年一月『文芸復興』に発表された宮里政光《みやざとせいこう》の「山峡」には、山間の村から出征していく青年が描かれていた。

「山峡」は、「教員の配所として知られている」山地の学校に赴任してきた先生が、生徒たちだけでなく村人たちと、次第に融和していく過程を描いたものであるが、「勇士の家への薪奉仕」に精出す小学生たちの姿だけでなく、次のような場面が出て来る。

武運長久と書いた日の丸を立てゝ、鎮守の祈願がすむと人々は長一を先頭に、入江の船着場へ向った。学校も総出だった。松田のたゝく太鼓に合せ、手に手に日の丸の小旗を打振りながら、子供たちは声をはり上げて軍歌を歌った。大人たちも知っているところだけは唱和した。

どこにいようが、人々は召集令状が届けば、出ていかざるをえない。そして、村人たちは、出征していくものを、歌や踊りで祝い、万歳を唱えて見送った。

「山峡」は、村人たちの、そのような姿を淡々と描いていたといっていいだろう。

一九四〇年代の沖縄の文学は、宮城聰や伊波南哲に代表されるように、東京で活動していた作家たちによって担われていた。「沖縄文学」は、四〇年代前半まで、東京にあったといっていい皮肉ともいえる現象が続いていたが、沖縄では何もなかったというわけではない。

一九四〇年八月には『月刊文化沖縄』が創刊される。雑誌の統合がなされる中での、奇跡といってもいいような雑誌の刊行であった。雑誌は、映画や演劇といった芸能文化に力点を置いているが、沖縄の文化動向がよくわかるものとなっている。

その一つに、一九四一年六月号に掲載された「県下芸術団体を統合沖縄地方文化連盟結成新文化建設に県翼賛会と協力」がある。

大政翼賛運動の文化運動に協力すべく県内各種芸術団体を統合し以て本県文化運動に伴う県民生活の特殊性の改善促進を計り、地方文化の建設を目指す文化連盟を創立すべく、第一回準備会を五月十六日午後八時から那覇市東町大門倶楽部で開催された。本県芸術界関係の

島袋全発（短歌）、世礼国男（琉球音楽）、渡口政興（演劇）、嘉数能愛（美術）、本山裕児（映画）、仲村渠（詩）、池宮城秀意（文芸）、名渡山愛順（美術）、国吉真哲（文芸）、欠席者（山城正忠、比嘉景常、備瀬知範、仲泊良夫、崎山嗣英、喜久山添菜、宮城出塁、親泊康永）

の諸氏出席し、会の名称、組織、事業、規約その他に就いて協議を行った結果、文芸、短歌、俳句、美術、音楽、演劇、映画、各団体を単位として沖縄地方文化連盟を結成することとし、文化新体制を確立すると共に翼賛支部と連絡をとり、文化翼賛へ邁進することとなった。文化連盟は、講演会、展覧会、演奏会、鑑賞会等文

化各般に関する事業を行い従来、末梢的都市文化にわざわいされた地方文化の再建を期している、連盟は文学、美術、演劇、映画、生活調査の五部門に分かれるが各部の範囲所属団体は次の通りである。

「沖縄地方文化連盟」設立準備会は、「生活調査」を除き、四つの部門と、所属する団体名の最初に「文学部（文芸、詩、短歌、俳句）―文芸協会、短歌協会、琉球ホトトギス会」を出し、その次に「美術部」「音楽部」「演劇、映画部」の三部門を並べた後で「なお連盟の最高機関として各部より選出された若干名の委員をもって委員会を組織し、連盟の運営各部の企画を検討することになった。創立総会は六月中旬に行われる」と報じている。

十二月号は「沖縄文芸作家協会結成」として「十二月二十七日沖縄文芸作家協会が設立された。本協会は本県に於ける文芸運動の不振を打開せんとするもので、会員は文芸作品（小説、戯曲）に実績のあるものに限り、本会の目的は国民文学の高揚、地方文学の確立、著作権擁護、沖縄演劇改善のため良き脚本の提供にあり、事務所を那覇市久米町一ノ三本山方に置く、協会員は左の如し」として山城正忠、上間朝久《うえまちょうきゅう》、山里永吉、本山裕児《もとやまゆうじ》、石川文一、玉城尚秀《たまぐすくしょうしゅう》、江島寂潮《えじませきちょう》、新垣美登子《あらかきみとこ》、伊波普哲、冬山志津夫《ふゆやましづお》の名前を並べている。

山城以下当時の錚々たる文芸家を集めた「沖縄文芸作家協会」の事務所が、「本山方」に置かれたのは自然のなりゆきだった。本山が、早くから「文芸運動の不振を打開」しようと呼びかけていたのはよく知られていただろうし、なによりも彼が『月刊文化沖縄』を編集発行していたということがあった。

四一年一二月二七日には「沖縄文芸家協会」が設立され、「国民文学の高揚、地方文学の確立」が歌われ、『月刊文化沖縄』は、「原稿募集」を行ったが、創作面は概して不調であった。四二年には、山城が編集に関わるようになり、古波鮫弘子《こはざめひろこ》や新垣美登子が登場していたが、収穫と云えば江島寂潮の「樹陰」が掲載されたことであろう。

「樹陰」は、古道具の修繕師に触発された語り手が、「紙芝居」を通じて「大東亜建設のために戦う兵隊」への感謝と「日本の国体のありがたさを」みんなに認識させるために努力している姿を描いた掌編で、時局をよく写したものとなっていた。

「樹陰」が時局をよく写した作品であることは、「大樹」が、「国体」の隠喩として用いられていることにあった。また、修繕師のもとに古道具を持って集まって来る人々の話から沖縄が「大東亜建設」の重要な担い手になっていることもわかるようになっている。「樹陰」が語っているのは、古道具の修繕、すなわち「大きな戦争をかちぬくため」にはまず身の回りにあるものを「更生」することから始めることだということであった。「樹陰」は、戦時の貧しい庶民の暮らしぶりと、その時代を律していた理念とをよく写していただけに、好評をもって迎えられたのではないかと思う。

四三年になると、戦局の危機とともに食糧事情の逼迫が日常化する。そしてその打開策を「野草料理」に見出そうとしたりしている。そのような中で生まれてきたのが、次のような詩であった。

一本のローソクの灯を囲んで
となり組常会は開かれた
一人ひとりの顔が光に映えて、花が咲いたような賑やかさだ
かげ口の上手な隣のおばさん、黙々挺身の保険屋さん、会社員、産業組合のおっさん
ふだん冷たい顔も、さびしい顔も、今夜はニコニコと和やかだ
この人の集まりのなかゝらは、絶えず明るい爆笑が上がる
何ごとかと道行く人ものぞく

みんなそれ〳〵ひと事意見をのべ
貯蓄強化、衣料節約、鉄鋼回収、お芋の増産
前線の兵隊さん思えば
笑って容易く実行出来ることばかり

拳を握り眼を怒らし
「鬼畜米英」の話には激して行く
石に齧りついても
撃たずに置くものかアメリカ！

このひと塊りの常会は
絶えず激し、笑い、感心し
鎖のような太い起伏の中に
爆音のような、北洋の怒涛のような
何かしら

はげしいものを持っている
たとえば「万歳」を叫ぶときの
あのいかめしさを持っていはしまいか

喜友名青鳥《きゆなせいちょう》の「となり組常会」と題された一篇である。

「前線の兵隊さん」のことを思えば、どんなに苦しい生活でも耐えられるし、「石に齧りついても」アメリカを撃つのだといったように、そこには、翼賛体制に積極的に協力していく姿が歌われていた。

『月刊文化沖縄』は、一九四四年一月に第五巻第一号が刊行されていて、巻頭に伊場信一の「沖縄の文化」を置いている。伊場はそこで「現在の日本の文化は総て一つ残さず戦争完遂の為に一元化されなければならない。国家あっての文化であって、国家が滅びて文化が残る筈は無い。従って沖縄の文化も勿論、日本文化の一翼である以上、総てを挙げて戦力増強に動員されなければならない」と主張していた。

喜友名の「となり組常会」は、伊場の言葉を先取りしていたようなものであったが、「総てを挙げて戦力増強に動員されなければならない」といった中で、文学はおのずと逼塞していくしかなかったはずである。

6、一九四〇年代の文学（2）

一九四五年三月二六日、慶良間列島に上陸した米軍は、四月一日には、沖縄本島中部の西側海岸に攻め寄せ、以後六月二三日、日本軍の組織的戦闘が終息するまで、激しい砲撃をもって地上にあるものを吹き飛ばし、焼き払って行った。

砲弾を逃れた住民は、収容所に送り込まれ、息苦しい日々に耐えながら、故郷への帰還を待ち焦がれた。やっと解放され、帰り着いた村々は、変わり果てていて、何一つ残っていなかった。言われている通りのゼロからの出発だった。「大和の世」が終わり「アメリカ世」が始まっていく。

米軍は、本島上陸とともに発令する米国海軍政府布告第一号「米国軍占領下の南西諸島及其近海居住民に告ぐ」を準備していた。そしてこの布告で「日本の行政権の停止と沖縄における米軍政府の設立が宣言され、沖縄戦開始・上陸と同時に、順次軍政が開始される」(櫻澤誠『沖縄現代史』)ことになり、以後一九七二年まで、沖縄は「アメリカ世」を生きることになるのである。

アメリカ世がはじまって、いち早く復活したのに新聞があった。一九四五年七月二六日、石川で創刊された『うるま新報』がそれだが、紙上にすぐ文芸作品があらわれるようなことはなかった。文芸作品の掲載が見られるようになるのは翌四六年の一〇月一一日からである。最初に登場したのは西幸夫《にしゆきお》と積宝そして一一月一日には裂琴生《れっきんせい》、一一月八日には比《ひ》嘉時君洞《がじくんどう》、一一月二二日には仲村渠《なかむらかれ》が登場する。彼らの作品は次の通りである。

かにかくに日本にいるうからの消息ありて秋立ちにけり　西幸夫（「立秋」）
沖縄は東のスイスよき島とパブ叔父語るパブはよき叔父　積宝（「みどりの丘」）
艦砲にくづほれし丘の陰にしてみんみん蝉鳴けり大き蒼空　裂琴
（「述懐」五首のうちの一首）
夏の山聳え川と追憶が流れる　比嘉時君洞
（「山と追憶」五句のうちの一句）
蝙蝠の町に余の幕舎を訪う人に　仲村渠

その昼
その道をまっすぐ行って左に折れ
些少の空き地があれば　余の幕舎だ
周りに塵埃あり
樹木もあって葉っぱも落ちる
雨露も　風も
家畜のかわりに　小僧もおり
秋とはいえ　真昼の太陽　赫々と
けい妻がこりずに水を汲む井戸や
井戸辺ちかくに若干の青物もあるが
客人よ　すこし肩をここめてくれ
落とせば　必ず喧しい音を発する　がらんどうの物乾干も
幾本かさし渡してあるのだ

（「その夜」略）

『うるま新報』の文芸欄に掲載された短歌、俳句、詩の作者たち西、積宝、裂琴、時君洞は、戦前からそれぞれの部門で活躍し、よく知られていた。戦後の詩歌は、そのようないわゆる大家たちの作品の掲載から始まり、四七年一〇月には、やはり戦前から活躍した名嘉元浪村が「死線を越えて諸兄の御健在なることを知り、懐かしく祝福しました。生き残った吾々グループの義務としても、この協会の誕生は要請せらるるべきものでありましょう」と訴えた「沖縄文芸協会諸兄へ」と題された一文が掲載される。さらに四八年一月にも「兄等よ、文芸運動を観念論から引きはなして現実の肉体をそなえて我々の前に登場せしめるよう舞台装置を急いで下さい」といった太田良博《おおたりょうはく》の「文芸家諸兄に」が出てくる。

名嘉元、太田の文は、多分「一九四七年戦後初の文芸団体、琉球文芸家協会が発足した」とされる団体へ宛てたものであったであろう。「戦後初の文芸団体」となるに違いなかった「琉球文芸家協会」は「山城正忠を会長とし、山里永吉、仲村渠、平良昌一郎《たいらしょういちろう》、国吉真哲《くによししんてつ》等、戦前以来の既成作家を糾合した強力なメンバーで、文壇形成の礎とも、なるべきものであったが、団体的な発表手段に恵まれず、しばらく『心音』欄の選に携わったが、その後社会情勢が移るにつれて住居の移動も伴い、連絡不能に陥り自然に解消した」（『琉球史料　第九集文化編1』）という。

四九年には「文芸家協会」に対し「舞台装置を急いで」欲しいと要請した太田良博と要請された山城正忠が、ともに小説を発表していた。

太田は、四七年、荒廃した那覇の光景を「新しき生存の肯定のためのアンチ・テーゼとしよう」と歌い、そして荒廃した現実から「何か新しき生命を模索しよう」と歌った一篇「那覇」で鮮烈な登場をした一人だが、四九年四月には小説「黒ダイヤ」を『月刊タイムス』に発表する。「黒ダイヤ」の執筆動機について、のちに太田自身が「荒廃した戦後の沖縄の状況のなかから、ムルデカ（独立）の熱気にわきたつインドネシヤへの憧憬が、執筆当時の私の心のなかにあったことだけはいなめない」と振り返っているように、インドネシヤの独立戦争へ飛び込んでいった「黒ダイヤ」のような瞳を持つ少年との出会いを描く事で、占領下にある沖縄の解放を夢見たものであった、といえる。そういう意味で、「黒ダイヤ」は、戦後的な作品であったし、「小説は一九四九年三月新人太田良博が月刊タイムスに「黒ダイヤ」を発表したのが戦後の皮きりである」（『琉球史料』前掲書）といわれ、また「戦後文学の出発は、太田良博さんの『黒ダイヤ』だというのが定説みたいになっています」（一九五八年六月『沖縄文学』創刊号）といわれるように、沖縄の「戦後文学の出発」を告げるものとして知られるようになる。

太田の「黒ダイヤ」は、「独立」という戦後的なテーマを扱っていた。そしてそれは、沖縄の「戦後文学の出発」を飾るにふさわしいものであったが、あと一つ、それに加えておくべきものがあった。山城正忠の絶筆となった「香扇抄」である。

四九年一二月『うるま春秋』創刊号に掲載された作品は、軍人から扇面への揮毫を頼まれた臆病者の疎開者が、「香扇渡廊」と書いて渡したというものである。「香扇渡廊」は、「好戦徒労」「交戦徒労」と読み替えることのできるものであり、そこには反戦とはいわないまでも、厭戦が表明されていたとして読めるものであった。それは極めて消極的な態度であったとはいえ、そのような作品が、やっと現れて来たのである。

山城正忠は、沖縄文学の出発期から活躍し、大正・昭和戦前の文界を領導してきた一人であったが、あと一つ、沖縄の戦後文学の皮切り役を、太田良博とともに果たしていたのである。

7、一九五〇年代の文学

一九五〇年代に入ってすぐに現れてきたのが『鉄の暴風』である。『沖縄の証言〈激動の25年誌〉』は、同書が出来るまでについて「豊平良顕《とよひらりょうけん》（現沖縄タイムス相談役）座安盛徳《ざやすせいとく》（現琉球放送社長）氏らが沖縄戦記編さんのプランを立てたのが一九四九年五月、市町村長会にも協力を要請し、手記、日記類の資料が続々と集められた。直接執筆した牧港篤三《まきみなととくぞう》（現沖縄タイムス常務）太田良博（琉球新報勤務）氏らも地方を回ってインタビュー、座談会による取材をした。軍用車両をヒッチハイクしたり、軍用トラックを改造した政府運営の公営バスを利用するしかなった当時の交通事情からも、取材の苦労が察しられよう。資料収集に三カ月を費やし、執筆にかかって同年十二月に脱稿した」と紹介していた。

執筆にあたった一人牧港篤三は、三〇年代の半ばから仲村渠、玻名城長正《はなしろちょうせい》、喜友名青鳥らと共に毎月一回作品を持ち寄って『琉球新報』紙上に掲載した「榕樹派ポエジー展」で詩作を発表、四〇年には同人誌『那覇』の創刊に参加、戦中は『沖縄新報』の記者として、日本軍司令部壕に近い首里城本殿裏の森に掘られた壕内で、タブロイド判の新聞の発行に参加していた。米軍の接近で、南部へ避難、伊敷の壕で米軍に投降し収容所へ、収容所で「米軍のライス袋をはがして手製の手帳を作り、数編の詩を書き」記し、四七年には戦後最初の詩集「心象風景」を出したという。

『鉄の暴風』は、そのように戦後最初の詩集を出した詩人、ジャーナリトの牧港と、戦後の皮切りとなる作品を書いたジャーナリスト太田とによって執筆されていて、これまた沖縄で最初に「住民側から見た、沖縄戦の全般的な様相」を書いたものとなっていた。

沖縄戦に関する作品は、一九四七年一一月古川茂美が『沖縄の最後』、四九年一月には『死生の門』を刊行、同年一二月には宮永次雄が『沖縄俘虜記』を刊行していた。これらは、元兵士による物語であった。沖縄の戦記は、元兵士が書いたものから始まったといっていいが、『月刊タイムス』では、五〇年春、「沖縄戦記録文学」の懸賞募集が行われていて、沖縄戦を体験した広い層から沖縄戦に関する作品を募っていた。

一九四九年九月、小田切秀雄は「深い憂いが日本人の胸奥をとらえはじめている。それは、戦後のさまざまな民主的改革が陰に陽にはばまれ逆転させせられはじめて、日々のわたしたちの生活も社会生活の全体もが一種言いようもない低迷とせめぎ合いの中に入ってきているためばかりではない。それとわかちがたく結びついて、ふたたび戦争の挑発される濃厚な危険が、―やっと平和になって、傷つき疲れた生活と魂とに人間らしい明日への希望と可能とが開かれはじめてからまだわずか四年しかなっていないというのに、またも戦争のキナ臭い匂いが漂いはじめているのだ。日本人はどうなるのであろう?・」(「『日本戦没学生の手記』に付して」)と書いていて、朝鮮戦争への危機が現実的なものになりつつあるのを憂えていたが、米軍の居座っている沖縄では、一層その感を深めていたはずであり、その危機感が、あらためて沖縄戦へ目を向けさせた一因になったように見える。

一九五一年七月には『沖縄の悲劇　姫百合の塔をめぐる人々の手記』が刊行される。副題からわかる通り「姫百合の塔」に祀られた沖縄県立第一高等女学校・師範女子部の生徒たちからなる、いわゆる「ひめゆり学徒隊」の沖縄戦を、引率教師として戦場に出た仲宗《なかそ》根政善《ねせいぜん》が、学徒たちの手記を集め編集したものであった。仲宗根は、本の「まえがき」で「この悲劇が戦後、或は詩歌に詠まれ、或は小説に綴られ、演劇舞踊になって人々の涙をそゝっている、ところがその事実は次第に誤り伝えられ伝説化しようとしている」と指摘しているように、戦後すぐから「ひめゆり」は関心を呼び、収容所内で回し読みされるようなものが書かれていたが、「事実」から遠く離れはじめていたのである。

仲宗根は「この記録は文学でもなく、生き残った生徒の手記を集めて編集した実録」だと記していた。仲宗根が、「文学」ではなく「実録」だと強調したのは、全国的に知られるきっかけを作ったといっていい、四九年『令女界』に連載された石野径一郎の「ひめゆりの塔」に、少なからず衝撃を受けたことにあるのではないかと考えられる。それだけに、「事実」を伝えることに心をくだいたといっていいが、多くの読者は、ここで女子学徒たちのその生と死の実態を知ったに違いない。

五三年六月にはあと一つ大切な戦争記録が刊行されていた。大田昌秀《おおたまさひで》、外間守善《ほかましゅぜん》編になる『沖縄健児隊』である。大田、外間他一四名の手記を集めて刊行されているが、大田が「はしがき」で「この手記の出版について、一部には何らかの思想的もしくは政治的な意図を忖度する人々もあるとのことですが、それは、私たちにとっては全く思いもよらないことであります。私たちは、当時において、見たり、感じたり、経験したりしたことを、たゞそのまゝ率直に綴ったものであり、私たちが身を以って体験した歴史的事実をいつわりなく記述したまでゞあります」と書いていて、やはり「事実」を強調していた。そのように、「事実」であることを強調しなければならないほどに、学徒たちの体験は、信じがたいものでもあったのである。

五〇年代初期は相次いで戦争記録作品が刊行されていた。その中で『鉄の暴風』、『沖縄

の悲劇　姫百合の塔をめぐる人々の手記』そして『沖縄健児隊』は、沖縄戦記の三本柱をなすものである。沖縄戦が、本土防衛のための時間稼ぎの戦いであったということは周知の通りであるが、その戦いは、住民を巻き込んでの地上戦闘であったこと、多くの男子学徒が参加したこと、兵士の看護にあたるため女子学徒たちが前線に出た、といった信じがたいことを現前させた戦いであった。そしてそれがとりもなおさず沖縄戦の特徴といわれるものであるが、その住民の記録、男子学徒隊の記録、女子学徒隊の記録が、それぞれにほぼ時を同じくして刊行されていたのである。

五〇年代初頭は、「文学」ではなく「事実」が強調された時期であったと言えるが、五三年には『琉大文学』が創刊され、「文学」が浮上、『琉大文学』の時代といっていい季節が到来する。

五五年には『琉大文学』第七号に掲載された池沢聰《いけざわそう》の「空疎な回想」、第一〇号に掲載された喜舎場順《きしゃばじゅん》の「暗い花」が『新日本文学』に転載されるといったこともあって注目された。池沢の作品は、基地内に侵入してくるものを射殺しなければ、仕事を失わざるを得なくなるガードの苦悩を描いたものである。侵入してきたものを射殺したガードとかつて中国大陸で幾人もの敵を撃ち殺した経験のあるガードとの埋めようのない心理的な隔たりを描いた作品は、占領下に生きざるを得ない人々の貧しさゆえに陥っていく隘路を照らし出したものとなっていた。

喜舎場順の「暗い花」は、黒人の愛人が、十分な金をもらうことが出来ず、同じ境遇にある女から金を借りて実家に届けるというものである。アメリカ兵の愛人の絶望的なありようとともに貧苦にあえぎ、冷たい目にさらされる兄弟たちが描かれた作品は「暗い」としか言いようがないが、女の弟が、母親に毒づかれながらも「うすっぺらなガリずりのパンフレットを腋にかかえて」読書会にでかけていく姿も描かれていて、かすかな明かりがさしこんでくるものとなっていた。

ガードといいハーニーといい、まさに占領下を象徴するような存在を描いていて、沖縄の戦後文学の課題となっていく諸相の一、二をいち早く差し出していた。

池沢聰の「空疎な回想」が掲載された第七号は、小説、短歌、詩、俳句それぞれの分野から選ばれた人たちに「戦後沖縄文学の反省と課題」を与え、返答を求めていた。小説を発表していた太田良博は、文芸作品に「批評精神が欠けている」こと、「批評活動がなかったということ」、「社会性や思想性」の欠如等をあげ、「沖縄に、文学が存在するとは、まだ、お世辞にもいえないような気がする」と述べ、同じく小説を書いていた冬山晃《ふゆやまあきら》は「新しいモラルを示すこと」が文学の使命だと思うとした。短歌を作っていた呉我春男《ごがはるお》は「素材、発想、表現、すべての点において、中央のエピゴーネンという感じがする」といい、「沖縄人としての自覚にもう一度かえるべき」であり「私たち沖縄人の思想、沖縄の現実社会相等、深く徹すれば、そこに自ら、新らしい短歌が創造され、形成されるのではないかと思われる」とした。俳句の数田雨條《かずたうじょう》は、「自然諷詠」や「生活句」が大事なこと、「生活に深く根を下し、そして季節の推移に敏感であって、大自然の神秘を讃えるべきである」とした。詩の船越義彰《ふなこしぎしょう》は「文芸に対する批判は殆ど皆無であった。この事は（若し沖縄に文壇と呼べるものがあるとすれば）沖縄文壇は自慰作用を増長させた」といい、「評論家の輩出を希み、その仕事に期待したい」と書いていた。到着順に掲載された「反省と課題」の最後に登場した大城立裕《おおしろたつひろ》は、反省というからには反省すべき何かがあってのことになるだろうが「われわれの戦後の文学にそういう収穫があっただろうか」と問う。そして「戦後文学史」をたどっているが、一九五〇年まで、知念民政府文化部が行った脚本募集、月刊タイムス、沖縄新聞、うるま春秋による懸賞募集があったこと、また文化団体として沖縄ペンクラブ、文芸サロンが結成されたが成果はなく解散状態であること、「いま琉大文学が活火山のすがたでいる」こと、これらを「純文学の歩みだとすれば、いわゆる大衆文学としては、一九五一年に山里永吉が復活して以来どうにかつづいている新聞小説だけである」と総括し、続けて、印象に残っているのは仲地米子《なかちよねこ》の「山原の農村」ものがあったといい、次のように述べていた。

山里永吉、新垣美登子という、いわば戦前から繰越された作家の新聞小説に、風俗小説としての新しさを見出し得ないし、文芸サロン出身の嘉陽、渡久地、そしてわたし（大城）は、まだテーマにも表現にもスタイルがついていない。琉大文学の諸作品は、多くが観念過剰に見えてその実観念の貧しさをむき出した文学以前の作品である。

大城は、「反省」という視点からすれば、「戦後十年」についてはそのようになるであろうという。戦前派作家たちの作品を切り、返す刀で自分たちの作品を切ると同時に、琉大文学のいわゆる新人たちの作品を切ったのである。

「戦後十年」の文学の推移を概観した大城は、まだ何も収穫らしい収穫がないのは「おそらく、われわれが文学の伝統を持たないせいではないかと、わたしには思われる」として、

「課題にたいしてわたしが果たしたことは、われわれの戦後文学には、再検討すべきなにものもないという、皮肉な反省であった。この反省から生まれるものは、われわれはもっと文学のために思想を練らなければならないという意志である」とし、さらに「日本文学の枠から脱け出てわれわれがあるものではないし、その意味で沖縄だけの伝統とか成果とかを考えることが不当だといえばそれまでであるが、たゞ僻地にあるという理由だけでわれわれが劣ることはいかにも残念であるし、今日この地で、われわれは何といっても大きな文学の使命を持っているような気がするので、文友たちも含めた自戒の意味でここに書いてみた」と閉じていた。大城の立ち位置をよく示した「反省と課題」の弁になっていた。諸家の「戦後沖縄文学の反省と課題」が浮かびあげたのは、これまでの沖縄文学に対する不満であり、その不満は「思想性」の欠如、具体的にいえば「批判精神」の欠如ということであったが、そのことを痛切に感じ取っていたのが、ほかならぬ琉大文学のメンバーとりわけ新川明《あらかわあきら》と川満信一《かわみつしんいち》であったといっていいだろう。

五四年七月に発刊された『琉大文学』第六号に掲載された新川の「船越義彰論」、おなじく川満の「『塵境』論」による船越、山里たちの作品にたいする批判をはじめとし、第七号に掲載された新川の「戦後沖縄文学批判ノート―新世代の希むもの―」、川満の「沖縄文学の課題」は、まさしく「戦後沖縄文学の反省と課題」で指摘されていた欠如を埋めていくことを目ざしたものであり、「新世代」の登場を鮮明に告げるものとなっていた。

五四年から際立ってきた『琉大文学』の批評活動に対し、大城立裕や池田和《いけだかず》らの批判がなされていく。そして、内部でも変化が生じてくるが、その直接的な要因は、雑誌に対する外圧と関わっていた。

一九五六年六月に入ってプライス勧告反対、四原則貫徹等をスローガンにして「革命前夜の興奮もかくやと思わせるばかり」(『琉球新報』六月二六日)の住民大会、「アメ公帰れ」「伊佐浜を忘れるな」「死んでも土地は売らない」等のプラカードを持って「琉大女子寮前から那覇高校までのデモ行進」で盛り上がっていく琉大学生会の運動は、琉大への援助打ち切り宣言、学生処分問題へと発展し、結局琉大側は六名を除籍、一名を謹慎処分にする。その中の多くが『琉大文学』の主要メンバーであったことから『琉大文学』は休刊状態に追い込まれていく。

第二巻第一号の発売禁止、主要メンバーの停退学によって『琉大文学』は大きな打撃を被り、再出発に向けての模索がはじまっていくが、沖縄文学の一つの高揚期が去っていったという感を深くさせるものがあった。

五〇年代は、池沢聡や喜舎場順の小説、新川明、川満信一の評論、その後を受けたいれいたかし、儀間進《ぎますすむ》、中里友豪《なかざとゆうごう》とりわけ清田政信《きよたまさのぶ》の詩及び評論等が注目された『琉大文学』の時代であったということもできる。

その中で、『琉大文学』に批判的であった大城立裕が「二世」を発表し、また『琉大文学』に好意的であった霜多正次《しもたせいじ》が『沖縄島』を刊行していた。二つの作品は『琉大文学』に掲載された小説、評論とともに五〇年代の収穫といえた。

大城の「二世」は、五六年『沖縄文学』一号に発表されたものである。「父母の故郷」に敵の兵隊としてやってきた二世が、戦場で遭遇した事態に対処していく中で、同僚からも同胞からも、そして兄弟からも突き放され、孤立していく様を描いたもので、いち早く二つの国を祖国とするもののアイデンティティー問題を浮かびあげていた。それはまた、国外に移民を多く出した沖縄のもう一つの問題を問いかけるものともなっていた。

霜多の「沖縄島」は一九五六年六月号から五七年六月号の『新日本文学』に連載され、八月筑摩書房から刊行される。作品の時代背景となったのは、四五年の一一月ごろから一九五六年の一月ごろまでの時期で、敗戦後も投降しないで山に隠れていた清吉、日本軍にいち早く見切りをつけさっさと山を下り米軍に取り入った栄徳、戦時中、従軍学徒隊を引率して多くの学徒たちを失った平良松介、沖縄民政府の教育課長に就任した安里英賢、民政府や知事の無能を批判する亀川尚典、民主クラブのリーダー的存在である渡久地政幸、群島政府教育局長の西平由明、人民党員具志正堅といった人物を登場させ布令・布告が連発される占領下で祖国復帰運動、軍用地接収、基地建設工事等をめぐってゆれる沖縄の政治、社会、経済、教育、文化問題全般を克明に描き出そうとしたものであった。

霜多が、沖縄に来たのは一九五三年三月末。霜多はその時のことを次のように記していた。

わたしが行ったときは、ちょうど基地拡張のため軍用地の接収があちこちでおこなわれていたが、そのやりかたはひどいものであった。どこからどこまでの土地は軍が使用するので、何月何日までに立ち退くように、という命令がきて、立ち退けったって、どこへどうして立ち退くのだ、と住民が反対運動をしていると、期日にちゃんとブルドーザーがきて、機関銃で護衛されながら、畑も屋敷もようしゃなく圧し潰していく、というやりかたであった。わたしはブルドーザーのまえで大急ぎ作物をとりいれる農民たちを見て、ここではまだ戦争はおわっていないのだ、とつくづくおもったのである。

霜多は、故郷沖縄の状況が想像をこえるものであったことから帰京後、「自分の戦争体験のテーマはあとまわしにして、もっぱら沖縄のことばかり書くようになった。とうじは、まだ沖縄のことはほとんど知られていなかったので、訴えずにはいられなかったのである」と書いていた。霜多は、沖縄に来る以前の五二年五月には短編「沖縄」を発表していたが、来沖後、五四年一月「孤島の人々」、九月「軍作業」等を『新日本文学』に、五五年三月「宣誓書」を『文学芸術』に書き継ぎ、五六年六月から『沖縄島』の連載を始めていたのである。

『沖縄島』について江藤淳は「民主主義文学への一つの提言」(『新沖縄文学』五八年三月)で、「沖縄島」は「すぐれたルポルタージュであろうが、すぐれた作品とはいえないのではないか」という疑問を投げかけられたのにたいし、「その作品をルポルタージュから区別しているのは、作品がある状況の外側からの報告者としてではなく、その中にいながら、あたうかぎり自分に課せられた運命を対象化し、しかも、かなり冷静にそのような自分の故郷の姿を描こうとしている点にある。ここには自己憐憫のかわりに自己省察があり、スローガンの呼号のかわりに批評がある。これはルポルタージュではなく、文学作品の特質である」と述べていた。

「マルクス主義文学の私小説的伝統の中における『すぐれた例外』である」と江藤に評された作品は、一九五七年毎日出版文化賞、平和文化賞を受賞した。

8、一九六〇年代の文学

一九六〇年代は、沖縄県祖国復帰協議会の結成にはじまり、六九年一一月、佐藤・ニクソン会談で沖縄の返還が合意を見るといった沖縄の世替わり前夜といっていい時代である。アイゼンハワー米大統領の来沖デモ、キャラウェー弁務長官の就任、佐藤首相の来沖、教公二法阻止闘争、革新主席の誕生、B52撤去運動等が起こっていた。

異民族支配からの脱却といった願望がやがて実現するといった期待とともに大きな不安が渦巻いていたといっていいだろうが、その中で、沖縄文学は、新しい時代を感じさせる作品集が相次いで刊行されていた。

一九六三年には清田政信の『遠い朝・眼の歩み』、同じく新城貞夫《しんじょうさだお》の『夏・暗い罠が』が刊行される。

『遠い朝・眼の歩み』に収録されていく一篇に、次のような詩編が見られた。

自我を処刑する時孕まれるもの

廃墟の風をこころよくあびて立つ
それに〈自由〉と呼びかける日…

1

ひとは　風の断層でかわされる
オルフェとの　つかのまの遭遇にも
夜のあふれる空虚を語ることで　頭骸の空虚を充たす
自らの生きる証しにさきだって
証しされる夜の洪水に　思念をこめて
一人の　心やさしい男を殺し
街から　村の方へ　素裸な　革命の機動力を駆る
村から　街の方へ　アジア小作の習性で骨までなぶられた
農民同盟軍の決起いまだし
と　てんでの胸の空洞に　連呼の礫を打ち込みながら
やせほそってゆく　革命の震源地をまたぐ
そして　吸盤のように開花した女たちの夜にのまれ

青い　女の髪の巻きからむのをほぐしながら這いあがる

『琉大文学』第三巻第一号、通巻第一一号に掲載された「ザリ蟹といわれる男の詩編」と題された一篇で、〈1961・1〉と制作年月日が記されている。清田が『琉大文学』に登場したのは、第二巻第二号通巻第一二号の「波」と題された一篇からであるが、それには〈一九五六・十二・十七〉の日付がみられた。

「波」に見られた断定的な語り口が消えたのは、五年の歳月が流れていたというだけではないであろう。その間には安保闘争といった大動乱があったばかりか、アイゼンハワーの来沖デモがあり、沸き立っていく運動のなかで、「やせほそっていく」もののあることを予感し、いら立つ魂を歌った一篇は、彼の前にいた新川明や川満信一の、「否」を屹立させた詩編とは明らかに一線を画したものとなっていた。

新川や川満が若い世代に与えた影響も大きなものがあるが、同じく清田が若い世代に与えた影響も彼らに勝るとも劣らないものがあった。目取真俊《めどるましゅん》は「六十年代から七十年代の沖縄の詩人の中で最も精力的に詩と批評を書き、大きな影響を与えた詩人である。学生時代、沖縄の詩人や小説家の作品を読み進める中で、私が最も強い印象を受けたのは、清田の詩と批評であった」（「清田政信について」『叙説XV』一九九七年八月）と振り返っていた。清田と同じく、新川や川満と一線を画した位置にいたのに新城貞夫がいる。

覗かれし〈空洞〉深く匂わせて
　政治も受胎告知書も近し
霧深く暁迫る街路樹に
　〈彼奴《きゃつ》〉の首を吊る市民
獅子像を継ぎし父はなお昧《くら》し
　終《つい》に〈私有地〉を守るにすぎず

清田の「ザリ蟹といわれる男の詩編」の掲載された同号に発表された「六月の死と呪いと」七首の内の三首である。「政治」も「受胎告知書」も〈空洞〉に見えてしまうものには、もはや何かを行うといったことなど困難であろう。「市民」のやることをみるだけであり、「父」を批判的に見るしかできない。そこには孤立を深めていく姿が映し出されていたといえよう。

二〇一五年一〇月、新城は『散文集　アジアの片隅で』を刊行、それは、独特の「短歌史」となっているが、その中で新城は「もし沖縄に戦後短歌と呼べるものがあるとすれば、（中略）一九六〇から六一年の若者たちもその一端の担い手であるかも知れない。いや、戦後短歌史の一挿話ぐらいの位置にあるかも知れない」と書いていたが、新城をはじめとして、当時の短歌の担い手となった「若者たち」の活動は「一挿話」で止まるどころのものではないであろう。

詩や短歌のそのような動きと歩調を合わせるようにして、俳句の世界でも、新しい胎動が始まっていた。

黒人街狂女が曳きずる半死の亀
酷使の耕馬は寝つけず遠くに撃破音
革命とは島燃ゆるとき被爆の地
　独楽
天へ投げて貧しき掌に澄めり

野《の》ざらし延男《のぶお》の『地球の自転』が刊行されたのは一九六七年八月。

金子兜太は、右の五句を前置きし、野ざらし延男の『地球の自転』の「序に代えて」を始めていた。金子は、それぞれの句を鑑賞したあとで「私は野ざらし延男と一面識もない。しかし彼の姿が見えて来る。情熱的な―従って一徹な―彼の内面の煮えがみえてくる。沸きたつところは輝き、静かなところは暗く、そして全体が煮えつつ澄んでいく。金環食のように―」と述べていた。また益田清は「彼の俳句は訴えることに急で、短詩型としての結晶度に欠ける恨みがあるかもしれない。然し青年の特権たる柔軟な感受性を駆使し、対象に肉薄してやまない真摯直截な詠みぶりは、衰弱した現代の俳壇へ、新鮮な衝撃をあたえずにはおかないだろう」と「解題」で書いているが、野ざらしの俳句が、俳壇に与えた衝撃ははかりしれないものがあった。その視点は、清田や新城と異なり、むしろその前の『琉大文学』と近いものがあったといっていい。益田が指摘しているとおり「対象に肉薄して「真摯直截」であった。

沖縄タイムスは、一九六六年四月にはその後の沖縄文学の拠点となっていく『新沖縄文学』を創刊するが、その創刊にあたって、「沖縄は文学不毛の地か」と題した紙上「座談会」を行っていた。

沖縄文学が「不毛」の状態にあるという見方は、六一年ごろからすでに表れていた。しかし、六一年ごろの「不毛」論と、六六年のそれとでは大きなへだたりがあった。六一年ごろのそれは五六年ごろの土地闘争と関わっていて、政治と文学といった観点から「不毛」性を検討しようとしたものであった。それに対し六六年のそれは、「沖縄の特殊性」という問題を前面に出し、風土と文学との関係で「不毛」性の打開を考えようとしたものであった。

六〇年代に入って、沖縄文学の「不毛」性が論じられるようになったのは、沖縄の解放闘争がかつての「革命前夜の昂奮もかくやと思わせるばかり」の熱気を失ってしまったように、文学の目標も拡散していったことと関係していよう。

占領支配、異民族統治への反抗という直接的な対決のあり方から、祖国復帰というかたちでの異民族支配に対する抗議は、確かに大衆の動員数は高めたが、少なくとも主体としての沖縄のあり方のボルテージ度は低めてしまった。そして運動そのものも混迷を深めていく中で、文学不毛論も出て来たと見ることが出来る。

『新沖縄文学』の創刊は、政治的な混迷を深める中で、どうすれば沖縄の主体性を確立できるかといった問いを秘めていた。「沖縄は文学不毛の地か」という刺激的な表題による「紙上座談会」は、平凡なものになってしまったとはいえ、アンケートの最初に「沖縄の特殊性と文学」を出し、風土、歴史、地理の三点から迫ってもらおうとしたのは、沖縄であること、沖縄でなければならない文学を論じてほしいと思うところから出ていたであろう。それは他でもなく、主体としての沖縄の表現を求めようとしたことにある。

創刊号に掲載された嘉陽安男《かようやすお》の「捕虜」、三号に掲載された宮里静湖《みやざとせいこ》の「異国の丘」は、それぞれに特異な題材を扱っていた。前者は沖縄からハワイに送られた捕虜たち、後者は中国で捕虜になりシベリアへ送られた抑留者たちを扱ったもので、外地の戦記といった新しいかたちの出現を告げるものとなっていた。

そして、第四号に発表された大城立裕の「カクテル・パーティー」で、沖縄文学は注目を浴びることになる。同作は、発表と同時に、反響をよび、芥川賞の受賞を予測したのがいたが、それが現実のものとなったのである。

大城立裕は、一九四七年夏沖縄民政府文化部が行った脚本募集に応募し一等なしの二等に当選、一九四九年秋、『月刊タイムス』の創作戯曲の懸賞募集に入選、一九五〇年新春『うるま春秋』の小説・戯曲募集に応募、五〇年秋には『沖縄ヘラルド』が行った「ヘラルド文学賞」に応募し選外佳作といったように、戦後すぐから原稿の公募があると、すぐに応募するといったことをしていた。『新沖縄文学』が創刊されると、戯曲「山が開ける頃」、二号には「亀甲墓」、三号に「逆光のなかで」、そして四号に「カクテル・パーティー」といったように相次いで作品を発表していたのである。

「カクテル・パーティー」の芥川賞受賞は、大きな事件であった。立松和平は、そのことを「大岡昇平がアメリカ軍政下の沖縄を訪れ、沖縄タイムス社から刊行されていた『新沖縄文学』を手に取り、そこに掲載されていた大城さんの『カクテル・パーティー』を朝日新聞の文芸時評に取り上げた。もう一つの日本文学を発見したという風な、少し高揚した、きわめて好意的な時評であったことを私は覚えている。それはまさに事件であったのだ」（「見事な大城立裕さん」『大城立裕全集9』）と書いていた。

「カクテル・パーティー」は、「まさに事件であった」といえるのだが、大城立裕は、その一端を次のように書いていた。

コザから駆けつけてくれた友人によれば、タクシー運転手が、「サーラミカスッサーヤーサイ」（どきどきしますね）と言ったそうである。

沖縄じゅうの人がドキドキしたには違いない。なにしろ、「文学不毛」と言われた直後のことである。いや、その前に、沖縄は何によらず負け犬で、たとえば高校生のスポーツで九州へ遠征しても、いつもビリで、「参加することに意義がある」と負け惜しみを言っていたのである。受賞は、近代一〇〇年間に育てられた当然のような劣等感を一度に吹き飛ばす体のことであったのだ。新聞が一面トップと社会面の半分を割いた。私自身が瞬きして首を振るほかはない体のものであった。

「沖縄人でも、やれば出来るのだな」

当然のことのようだが、当時の誰もが正直に信じられないことが起きたという受け止め方で、それを徐々に民族的な自信に発展させていったのである（「文学のたたかい」『光源を求めて』）。

七月二一日七時すぎ、仲間たちが待ち構えているところに受賞のニュースが飛び込んできて以後のことを書いたものである。多少オーバーかと思われるほどだが、六七年当時のことである。大城が書いているように「沖縄は何によらず負け犬」であったということもあって、芥川賞受賞は、県民に大きな衝撃とともに自信や誇りを与えたのである。

大城の芥川賞受賞によって、沖縄の文学が注目されるようになったといっていいが、あと一つ、そのことと関して注目すべきことがあった。

受賞の翌年に、たまたま文芸春秋の講演会で来ていた安岡章太郎さんと『新沖縄文学』で対談したら、「大城さん、東京へ出なきゃいけないよ」と言われた。

「東京へ出て行って、僕は何を書くんですか」

「沖縄を書けばいいじゃないか。いまはあんたは沖縄に就きすぎるよ」

そして、「文壇は東京にあるんだし」と言われた。

私は今日は郵便も近くなったし、原稿を送るにもまったく支障がない。と言い、「文壇」という概念にはまったく味かった。

しばらく後に東京へ行ったとき、ある友人がやはり東京へ出てこいと勧めた。作家というものは、喫茶店で編集者と雑談をしながら、いつのまにか「では、ひとつ書いてください」というような形でしか、注文をもらえない。だから、沖縄などにいては、プロとしてやっていけないのだ、と言った（「文学のたたかい」前掲書）。

沖縄の文学志望者たちは、明治期の詩華・末吉安持以来、宮城聰、山之口貘等文学するために東京をめざしたことは、これまで触れてきたとおりである。東京で彼らは、貧窮にあえぎながら作品を書き、師事した人の推薦を受けて、発表する場所を得ていくといった形を踏んでいた。

大城も、東京へ出ていくことを考えなかったわけではない。しかし、東京でやっていく自信がなかったし、なによりも面倒を見なければならない子供たちが小さかったため、沖縄に踏みとどまったのである。そして、沖縄で、作家活動を続けていくことになるのだが、東京に出ていかないといったありかたも大城から始まったのであった。沖縄にいても、作家としての活動ができるということを最初に実践して見せた先覚者でもあったのである。

「カクテル・パーティー」は、出身の異なる四名（沖縄、日本、中国、米国）を中心にして行われていた親善の場が、暴行事件の発生を契機にして、そこが仮面を被った虚妄の場であったことを浮かびあげていったもので、占領支配下にあった沖縄の様相を鮮明にしたといっていい作品であった。そこには、また文化的背景を越えて、人は本当に理解しあえるものだろうか、といった問いが問われてもいた。

一九六九年『新沖縄文学』は、「沖縄・文学・思想—五木寛之氏を囲んで—」と題し、星雅彦《ほしまさひこ》、長堂英吉《ながどうえいきち》、牧港篤三の座談会記事を掲載していた。座談会は、「沖縄でも『戦争文学』

がぼつぼつ出てきて」いるといった話から、「ドキュメントと小説」の問題、小説の方法、「文章論」に及び、「地方における作家活動」「文学とイデオロギー」そして「新沖縄文学の役割と課題」を論じて閉じていた。

作家を迎えての対談、座談会としては一九六八年『新沖縄文学』春季号で「芥川賞作家が語る　沖縄の現実と文学」と題された安岡章太郎、大城立裕の対談があった。そこで安岡は、沖縄で活動することをめぐって「何も沖縄文学だけではない」が、と前置きし「沖縄はある意味では猛烈に個性がきわだっている」といい、「その点では、難しいと同時に有利である」といった指摘をしていたが、「沖縄・文学・思想―五木寛之氏を囲んで―」でも「ぼくが感じたのは、沖縄というところは文学的な素材というか、モチーフを凄くはらんだ土地のようですね。そういう意味では地方にいて中央のマスコミから離れているのと比較にならないぐらい、文学をやっていく上での問題意識の宝庫みたいなところに住んでいると思いましたね」と五木が発言していた。

沖縄は、文学の素材の「宝庫」である、といった指摘や発言は何も安岡や五木だけのものではない。沖縄を訪れて来る作家の多くが、同様な発言をしていたが、『新沖縄文学』は、そのことをよく語るものになっていたといっていいだろう。

「沖縄・文学・思想―五木寛之氏を囲んで―」は、最後に「きょうは、たまたま来島された作家の五木寛之さんを囲んで、こんど沖縄タイムス芸術選賞文学部門の受賞者である新鋭の星雅彦、長堂英吉に加わってもらい、沖縄で文学をするという、はなはだ漠然としたテーマでそれぞれ意見や感想をのべていただきましたが、その背景となるのは、何といってても、現在おかれている沖縄の異常で特異な政治的なものを抜きにしては語れないということ、貴重な体験のようなものを、しみじみと感得することができました」と司会の牧港は述べていた。

大城の「カクテル・パーティー」は、まさしく「現在おかれている沖縄の異常で特異な政治的なものを抜きにしては語れない」ものとなっていたが、文学の「宝庫」に分け入るようにして、大城に続く「新鋭」たちが六〇年代末には『新沖縄文学』に登場してきていた。座談会に出席していた長堂英吉、星雅彦をはじめ栄野弘《えのひろし》たちである。

長堂は一九六六年『新沖縄文学』創刊号に「黒人街」を発表、星は第二号に「南の傀儡師」、栄野弘は六七年、第六号に「花どろぼう」を発表して、以後、相次いで同雑誌に作品を発表していく。

「黒人街」は、黒人対白人という、沖縄に駐留する米国兵士同士の対立を描いたものであり、「南の傀儡師」は、帰省してきた男の女性遍歴といったようなのを書いていた。「黒人街」も「南の傀儡師」も、占領下にある沖縄を感じさせるものがあった。前者の米兵同士の対立、後者の、かつて関係した女が米人と結婚、ゆきずりで一晩を一緒にした女が、黒人の子の母親であったといった設定には、戦後沖縄文学の最大の焦点となっていく「アメリカ」が、いち早く取り上げられていたが、文学的な手法という点では、旧来通りであったといっていいだろう。

旧来を抜け出そうとした試みをしたのが栄野弘である。六八年春季号『新沖縄文学』に発表した「ナパーム」は、敵を殺し、戦車をかく坐させ、飛行機を打ち落としたりして死んだ息子と母との対話、母が退場して、帽子や傘やライターさらに少年の霊や検事、裁判官、使いの悪魔たちが登場し、戦争をめぐるさまざまな出来事が討議されていく、といったものである。

池田和は「選後評」で「帽子、傘、ライター、『息子』の骨―と並べただけで、この戯曲の特異さがよくわかる。だが、これらのものを擬人化する必然が、私にはわからない」といい、あえて擬人化する必要はなかったのではないかと疑問視していたが、最後に「妙な言い方だが、アンチテアトルは知らないが、『ナパーム』の世界は私なりによくわかるし、また作品としても面白い」と評価していた。

栄野は、池田に手紙を送っていた。そしてそれを「作品『ナパーム』を理解する一助になると思えるので作者の諒解を得てここにその必要な部分を公開することにした」として、作品の末尾に付していた。

「あとがき」として付された手紙で、栄野は「選考委員の大城立裕氏は『筋がきわめてつかみにくい』といっていますが、私にとって、筋などどうでもよかったのです。伝統的な作劇法の筋やドラマの展開など、私は最初から無視してかかったのです。『雰囲気だけはわかる』といっていますが、それがわかればいい、というのが私の積りでした」と書いていた。

池田が「私にはわからない」といい、大城が「筋がきわめてつかみにくい」としながら、掲載したのは、「雰囲気だけはわかる」ということにあったにしても英断といってよかろう。「筋などどうでもよかった」といわれて面食らわない選考委員はいないだろうからである。栄野は栄野で、先行者たちを驚かすに十分な作劇法をもって、「新鋭」の仲間に加わっていくのである。

「カクテル・パーティー」の芥川賞受賞は、沖縄文学は「不毛」だといった言葉を払拭したたけでなく、これまで書かれてこなかった占領者たちの姿態や、帰省者という立場から見られた沖縄、そして「伝統的な作劇法」をあえて「無視」するといったかたちで試みられた作品を書いた「新鋭」たちを登場させる槓桿になった、といえるであろう。

9、一九七〇年代の文学

一九七一年七月に発行された『新沖縄文学』二〇号は、「これからの沖縄文学のありかた―総括と展望―」と銘打ち「選考委員座談会」記事を掲載していた。座談会は、司会の牧港が各選考委員に「それぞれのジャンルで接してきた作品を中心に、地方における文学活動、文学と土着性、あるいは、復帰時点における沖縄文学の方向性、といったような視点からのお話を伺い、最後に、これからの沖縄文学の展望といった形で締めくくりたい」と挨拶したのを受け、大城立裕が口火を切る。大城は「最初から肩のこる話しになるわけですが、私は二、三号前から深刻に考えている問題ですけれども、『新沖縄文学』はそろそろ休刊の時期にきているのではないかと考えているわけです。というのは、まあ各選考委員の方々も同じ考えだろうと思いますが、最近は毎号ともどの作品を採り上げてよいのか苦労しますね」といい、送られてくる作品の多くが「小説の形をなしてない」と始めたのである。

大城の発言を受け、俳句の選考に当たっている瀬底月城も「同様なことを感じ」ているが、「俳句の場合は十号あたりからメンバーは固定してどっちかといえば同人誌的な傾向にある」と述べていた。詩の選考にあたっている大湾は、若い書き手が「かなりの水準のものを書いている」こと、「どんどん増える傾向」にあるといったことから、「アンチ新沖縄文学だった連中が、いまではこの雑誌の主要メンバーになっている」と、詩の分野では多少事情が違うといったことを話していた。短歌の選考委員は参加していないため、短歌に関する発言は見られないが、多分、俳句と同じように「同人誌的な傾向にある」と述べたに違いない。

座談会は、その後、「同人誌の形態」をとって、力のある書き手に「輪番制で作品」を発表させたらどうかといった意見や、創作態度にきびしさがたりないといった意見、言葉の問題、政治と文学の問題等について話しあわれ、結論として、「72年復帰」で、沖縄はあらゆる面で「危機的な状況を呈する」のではないかと考えられるが、「沖縄の主体性」を確立する方図として「新沖縄文学」をさらに発展させる必要があるとしていた。

雑誌の創刊から四年で、創作部門では「新鋭」に次ぐ新しい書き手たちの作品にこれといったものが見当たらなくなっていたのである。戦後すぐに出て来た作家たち、大城立裕、嘉陽安男、船越義彰の後の「新鋭」たちの登場は見られたが、その後がない、というのはいかにも性急に映るが、そのような中で意外な形で登場してきたのが東峰夫《ひがしみねお》であった。『新沖縄文学』が創刊される前の一九六四年上京し、日雇いのアルバイトをしながら書き上げた「オキナワの少年」が、一九七一年「文学界新人賞」を受賞しただけでなく、七一年下半期の「芥川賞」に輝いたのである。

作品は、米兵の相手をする女性たちを集めて商売する一家の少年が、風俗営業に反発して、島を抜け出すための画策をする、といったものである。そこには、占領下にあった基地の町の猥雑さとともに、潔癖に生きようとする少年の一途さが描かれていた。

「文学界新人賞」の選者の一人野間宏は「この作品は、私が沖縄についてもっていたイメージを破り去る力を持っている」といい、丸谷才一は「これはまず文体によって光っている」といい、中村真一郎は「文学的晴朗さ」を評価していた。また芥川賞選考委員の一人吉行淳之介は「ノンシャラン風の文体」を手柄とし、大岡昇平は「占領時代の沖縄の世相が、逃げたい心を通して、納得できる」といい、瀧井孝作は「少年の作文」というように評していた。一方は「文体」の面に、一方は沖縄の「世相」に注目したといえるかと思うが、「オキナワの少年」の特異な点の一つは、確かにその「文体」にあった。

ぼくが寝ているとね、

「つね、つねよし、起《う》きれ、起《う》きらんな！」

と、おっかあがゆすりおこすんだよ。

「ううん…何《ぬ》やがよ…」

目をもみながら、毛布から首をだしておっかあを見上げると、

「あのよ…」

そういっておっかあはニッと笑っとる顔をちかづけて、賺すかのごとくにいうんだ。

「あのよ、ミチコー達《たあ》が兵隊《ひいたい》つかめえたしがよ、ベットが足らん困《くま》っておるもん、つねよしがベットいっとき貸らちょかんな？　な？　ほんの十五分ぐらいやことよ」

ええっ？　と、おどろかされたけれど、すぐに嫌な気持が胸に走って声をあげてしまった。

「べろやあ！」

うちでアメリカ兵相手の飲屋をはじめたがために、ベットを貸さなければならな

いこともあるとは…思いもよらないことだったんだ。

「オキナワの少年」の書き出しである。そこからでもわかるように、「沖縄口」が多用されていた。「沖縄口」の使用は、沖縄文学の当初から見られたし、近くは大城立裕が「亀甲墓」を「実験方言をもつある風土記」として発表していたが、これほどまでに自在でしかも地の文にもその陰影を及ぼしている例はこれまでなかったといっていいだろう。

「沖縄口」からの脱却は、一九四〇年に見られたような論争が勃発しただけにとどまらず、戦後も「方言札」があったという証言があるように、沖縄の大きな課題の一つとなっていた。そして六〇年代になると「復帰」にそなえて、「日本語励行運動」が盛り上がっていったと考えられる中で、「沖縄口」表現を基調にした作品が登場したのである。

書き出しの部分はまた、占領下に置かれた沖縄で何が起こっていたのかを突き出していた。それは作品名を「沖縄」ではなく「オキナワ」とカタカナ表記にしていたところにすでに表れていたが、沖縄の言葉を縦横無尽に駆使した作品は、「オキナワ」とするよりもむしろ「おきなわ」とかな書きがふさわしいともいえた。「復帰」を前にして、政治の季節に突入しつつあったなかで、知識階層の物語ともいえた「カクテル・パーティー」に対し、庶民階層の物語といえた「オキナワの少年」が出てきたのであるが、二つの芥川賞受賞作品は、それぞれに、沖縄の異常な状況を照らしあうものとなっていた。

二つの作品は、「復帰」前の沖縄を背景にしていたが、「それよりも何よりも、今日という日にわざわざ会社に行かなくてはならないなんて、その方がもっと癪にさわる。今日は、沖縄にとってまさに歴史的に記念すべき日で、敗戦後この方二十七年間のアメリカ統治も遂に終り、祖国日本に復帰するというその当日なのである」といった記述からわかるように、七一年から「復帰」した七二年までを米国人の経営する小さい設計「会社」で働く沖縄人の男性を通して描いた小説があった。

一九七五年『文芸』一二月号に掲載された阿嘉誠一郎《あかせいいちろう》の「世の中や《ゆんなか》」で、同作品は、一九七五年度文芸賞を受賞する。

作品は、アメリカ人、フィリピン人、韓国人、日本人、沖縄人とこれまた「カクテル・パーティー」に登場する人物たち以上に国籍を異にする人物たちが登場し、微妙な関係を醸し出していくのであるが、そこで大きな比重を占めていたのが、ドルから円への換算という通貨切り替えの問題であった。

次の会話は、その際に見られた一場面である。

「如何《ちゃあ》すがやぁ、大事《でえじ》なとうさぁ！」

「何《ぬう》が、何《ぬう》ぬ大事《でえじ》なとうが？」

「ドル、円ぬんかい交換しぃが銀行んかい行じゃんよォ。銀行うてィ替《け》えてィ、帰《け》えてィ来《ち》やんてェ。あんし、なァ一度《ちゅけん》読《ゆ》み直《の》うちゃんよォ。やしが、計算ぬ合ぁらんどあんでェ」

とのおばさんの返事だった。

「あんせェ大事《でえじ》でェむん」とみんなも口に出し、政吉も胸が痛む思いがした。

ドルを円にかえたところ、その計算が間違っていて大変なことになったというので、周りの者たちは、心配する。それは、少なく計算されたと思ってのことであったが、実はその反対であった。素朴そのものといっていい人物の登場が、作品を膨らみのあるものにしているが、そこには、「沖縄口」使用という問題が関係していたといえないこともない。そしてその「沖縄口」は、「亀甲墓」に見られる「実験方言」的なものでも、「オキナワの少年」に見られる、「大和口」の語彙と重ね合わせる形でのそれでもなく、まったくの「沖縄口」であった。日常的に話されている生の「沖縄口」そのものであった。沖縄文学の表現場面に、そこまで「沖縄口」が進出してきたのである。

「世の中や」に登場して来る、他人の間違いを、自分のことのように思う「おばさん」が、沖縄を表象する一つであったとすれば、嶋津与志《しまつよし》の「骨」に登場してくる「老婆」は、もう一つの沖縄を表す存在であったといえる。

一九七三年、琉球新報社は創刊八〇周年を記念して、懸賞小説を募集する。そして七四年以後は「琉球新報短編小説賞」として、小説の書き手たちを後押ししていくことになるが、最初の受賞作品になったのが、嶋津与志の「骨」であった。

ホテルの建設現場から「骨」が出て来る。その土地は、そこに現れた「老婆」の息子がブローカーに騙されて手放した土地で、彼女によれば、そこは、戦争で亡くなった敵味方、老若男女の別なく無数の死者を葬った場所であり、そこにはえて日陰を作っている「ガジュマル」の木は、その目印となるようにということで「老婆」の夫が植えたものだという。

工期を遅らせたくない現場監督は、その「ガジュマル」を切り倒すという。「老婆」はそのことを知って「おい主任、このガジュマルを切り倒すつもりか。この木を何だと思っているね。うちのお爺が植えた木だよ。こうして、何千という魂がのり移った木だよ。道理も知らん」といって、「黄色い目が神がかりのようにつりあがって」いく。主任が「こちらの風習はよくわかりませんが、所有権も移っていることだし」というのへ、「老婆」は、「私は、絶対許さんよ。これはお爺の木だからね。昔の難儀、心労、あんたにわかる」か、とせまり、そして「あんた、この木に手をかけたらね、沖縄ではすぐバチがふりかかるからね…」とたたみかける。ここには、死者の魂に身を寄せる「老婆」がいる。

「世の中や」の「おばさん」、そして「骨」の「老婆」は、沖縄を表象する人物として造形されていたといっていいだろうが、「復帰」によって、そのような人物の消失を予感していたといえないこともない。

「骨」は、「復帰」とともにあらわになっていく開発によって、沖縄の大切なものが失われていく危機感をあらわしていた、ということでは「復帰」が、作品を書かせたといえるが、そこには、新しい戦記の登場といったことも関係していたようにみえる。

一九七〇年代に入ると沖縄戦記もこれまでと変わって、一般住民の体験談の記録化といった新しい形が主流を占めていく。その先駆となったのが、一九六七年聞き取り作業が始められ、六九年になって本格的な作業が行われ、一九七一年に刊行された『沖縄県史 沖縄戦記録1』第9巻各論編8である。体験談を採録するにあたっての留意点として、一二の項目が上げられているが、その一二項目の中の一二番目の「村への復帰」の中の一つに「遺骨収集」がある。戦記が、戦闘状況の推移だけでなく、戦争終了後の状況にまで目配りするようになったのは、おそらく『沖縄県史　沖縄戦記録1』あたりからではないかと思う。

「世の中や」は、「復帰の日」について、「タクシーは降りしきる雨の中を走っている。人いきれで曇った窓ガラスを拭くと、窓の向うに平生と変わらない街並みが雨にけむって見えてきた。それにしても復帰の日だというのに、町の表情はどうしていつもと変わらず何の感動も表さないのだろう。それとも復帰というのはもともと特別の日でも、記念すべき日でもなかったのだろうか」と書いていた。

誰もが望んだように見える「復帰」を迎えて、街はさぞかしお祝いムードにあふれているに違いないと想像していたのが、そうでもなく、普段通りの町であった。「復帰」が、政治的なお祭りに過ぎなかったことを、それはよく語るものとなっていたが、「復帰」後の沖縄は、怒涛のように押し寄せてくる開発の波にもまれ、至る所で戦死者の遺骨が見つかり、魂のありかさえ攪乱されてしまうのである。「骨」は、そこを問題にしていた。

七五年には、「新沖縄文学賞」が設けられた。島尾敏雄、大城立裕、牧港篤三の三氏が選考にあたり、又吉栄喜《またよしえいき》の「海は蒼く」が第一回の佳作入選作として『新沖縄文学』30号に掲載された。

第一回募集は「三人の選考委員が一致して推すことのできるようなきわ立ってすぐれた作品」がなく「残念」な結果になったとしながらも、島尾は「海は蒼く」について「へんな用語の使用や誤字当て字などが多く、文章も冗長な個所を少なからず持ちながら、最も素朴な文学的な資質と文章のふくらみとが惻々と感じられたので、敢えて推挙した」と述べていた。

「海は蒼く」は、老人が一人で漁に出るのを知った少女が、無理に頼んでサバニに乗せてもらい、一日を海の上で過ごす、といったものである。事件らしい事件と云えば、少女が裸になって老人の前に立つといったことだけで、あえていえば、海の魅力に魅入られた老人と少女とを描いていた、ということになろう。そこには、これまで描かれてきた異民族下にあってあえぐ沖縄とは吹っ切れたものがあり、それが取り柄になっていたといえるものであった。

又吉の作品が発表された後の七六年から七七年にかけて、沖縄を強烈に印象付ける作品が現れる。その一つが七六年十月『新沖縄文学』33号に掲載されたちねん・せいしんの戯曲「人類館」である。

戯曲「人類館」は、一九〇三年三月から七月まで大阪で開催された第五回勧業博覧会の会場近くで、「学術人類館」と銘打って台湾人やアイヌ人、朝鮮人などとともに、沖縄から連れられて行った遊女二人を、「琉球の貴婦人」として見世物にした事件に材をとったものである。

同事件は、四月七日「同胞に対する侮辱（人類館）」、四月一七日「人類館を中止せしめよ」といった見出しで『琉球新報』に掲載され反響を呼び、四月三〇日には撤去された（「人類館事件の結末（本県婦人撤去す）」『琉球新報』一九〇三年五月三日）といわれるが、同事件が示しているように、まだ沖縄を「化外の民」として扱っていたのである。

人類館の調教師は、人類館に連れて来られた男性と女性の二人を調教、日本人化しようとして懸命である。調教される側の男性は、表では唯々諾々として従うかに見えて裏では不満たらたら、いわゆる面従腹背といった人物であり、女は、約束したことなど、すぐに忘れてしまう人物である。そのような三人によって沖縄の歴史がたどられていくが、そこで交わされる言葉の二重性、三重性、地口・諧謔・風刺・畳句の連発、一人の人物が一人ではなく何人にもなりかわっていく変幻自在性、そして時代を飛び越えていく鮮やかな展開、そうした目くるめく舞台が登場したのであった。

戯曲「人類館」は、「復帰」しても、まだ「化外の民」視していることへの痛烈な批判とともに明治以降指摘され続けて来た沖縄人の「事大主義」を、これまた痛烈に批判したものであった。それは、とりも直さず、「さまよへる琉球人」や「滅びゆく琉球女の手記」にたいする意義申し立てといった、かつて沖縄への差別を助長するとして批判したありかたからはるかに遠くきたことを示すものであった。戯曲「人類館」は、翌七八年岸田戯曲賞を受賞したことで、さらに注目されていくことになる。

七七年には、伊佐千尋《いさちひろ》の『逆転　アメリカ支配下・沖縄の陪審裁判』が出る。作品は、一九六四年八月一六日未明に起こった米兵の殺人事件を克明に追いかけた陪審員の一人が、陪審委員全員を説得できたことで、事件の被告四名が全員無罪になることを確信していたにもかかわらず、想像を超える重い判決を言い渡されたというものである。確証の乏しい事件、しかも陪審委員によって無罪と判定されながら、判事によって「逆転」されたのは「米兵に手出しをするのはもってのほかとされた当時のことである。しかも栄誉ある米軍人を塵芥にひとしい地元民が殺した重罪とあれば、強い見せしめを示さねば米軍の威信にもかかわる」といったことがそこには働いていたことを、作者はあばきだそうとしたのである。

「逆転」には、裁判が進んでいく過程で、様々な証言が出て来るが、その中に、次のようなのがあった。

「誰かが『やなアメリカーや　ちら《つら》ち《突》けー』とか、『くるせー　くるせー』と騒いでおりました。

　上原通訳はここでちょっと戸惑い、検事と二、三言葉を交したのち、いった。

「日本語でいってくれませんか？」

　証人は躊躇せず、すぐに答えた。

「『悪いアメリカ人は面を突いてあげなさい』、『ころせー　ころせー』といっていたのです。

（中略）

　法廷はまた〝ころす〟という奇妙な表現にぶつかった。さきに恵ヤエ子の証言の中で、松がアメリカ人に〝ころされている〟、方言では〝くるさっとーん〟という受身の形で出てきた。すでに説明したように、これは〝殺されている〟ということではない。〝懲らされている〟または〝殴られている〟という意味である。

上原はこれを〝喧嘩している〟と意訳したが、それはそれでよいとしておこう。

ところが今度の場合、上原は意訳しなかった。〝悪いアメリカ人を懲らせ〟あるいは〝ぶん殴れ〟というべきを、〝殺せ〟という動詞を用い、They shouted, 〝kill them,kill the bad American〟としてしまったのである。

「殺せ」と「懲らしめろ」とでは雲泥の差がある。いわば殺意があったかどうかという重大な場面で、沖縄人がよく口にする「くるせー」がどう訳されるかで、状況が大きく変わってしまうのである。

「くるせー」が、大きな意味をもつことになった裁判がかつてあった。「—石垣島事件—郷土兵戦犯減刑運動報告書」として一九五〇年六月『おきなわ』第三号に掲載された文書のなかに見られるものである。「石垣島事件」に連座した郷土出身兵士たちの減刑を求めた嘆願書には、一〇項目にわたる減刑要請理由が上げられているが、その第一番目に、「沖縄には人をころすという言葉が」ないといい、「一つ面白いエピソード」をあげておきたいとして、一九三八年、大東島で起こった「ころす」という言葉をめぐる裁判で「無罪」になったという「実話」を紹介していた。

沖縄に「ころす」という言葉がないわけではない。「ころすということばは牛、馬、豚、蛇等動物を対象とする場合は生命を奪う意になるが、人を対象とする時はなぐるという意味で生命とは無関係」なのである。

陪審委員に任命され、被告四名の無罪を立証するために懸命に努力していた主人公が、「石垣島事件」で出された嘆願書に見られる「ころす」の件について知っていたかどうかはわからないが、沖縄における「ころす」の語用については、よく知っていたことがわかる。沖縄口の見事に使われた一例といえるかもしれない。

「みせしめ」のために、必要以上に重い刑を科すという、占領者意識まるだしの支配者たちを「逆転」は描いていたが、「みせしめ」どころか、沖縄では何をしてもいいといった米兵たちのすさまじいばかりの暴力を描いた作品が現れる。

次は、その一場面である。

> 一人残っていたホステスが立ち上がった。すぐ、ジョンが毛深い太い手でがっしりと女の左腕を握って、わめいた。俺たちをおいていくのか！　俺たちの相手は誰がするんだ！　劣等民族のくせにばかにする気か！　右手でジョンの顔を押

したり、腕をふりはらおうとする女をジョンは強引に引っぱり、ひざの上に倒した。両側からワイルドとワシントンが女の手、足を押さえた。ワイルドがヒステリックに叫び、足をけりあげている女の薄い黒い下着をおろし、高笑いしながらジョージの顔に投げた。ワイルドは足を女の股にこじ入れ、たくみに女の足を広げ、マッチをつけ、女の両足のつけ根を照らし、大笑いする。ジョンもワシントンも首を曲げ、体をよじり必死にのぞきこみながら笑う。ジョージは顔をこわらしたまま、みつめる。女は全身をばたばたさせ、わけのわからぬ言葉でわめく。ジョンがハンカチで女の口をふさいだ。ワイルドは女のヘアを焼く。ヘアはジジとちぢれ、すぐ火は消える。

その後も米兵たちの暴力は止むことなく、ナイフで女のドレスを切り裂き、ジャックナイフが女の肌に触れ血がにじみ出す。周りにいた女たちが止めようとして、さらに騒ぎは大きくなって、いつ果てるともない米兵たちの乱暴狼藉が続いていく。

ベトナム帰休兵たちがたむろしているなか、これからベトナムへ行く兵士たちが女たちに暴力の限りを尽くしているのは、からいばりにすぎないが、ベトナム戦争が、アメリカの若者たちをいかに荒廃させていたか、それを見事に映し出していた。

アメリカが北ベトナム爆撃に踏み切ったのは六五年二月七日。「沖縄はベトナム戦争の前線基地になった。北爆が始まると同時に、沖縄の主な道路は、軍需物資や兵隊を満載して港に向かう軍用トラックや戦車でいっぱいになった。空軍基地からは、輸送機や戦闘爆撃機が、ベトナムに飛び立っていった」（新崎盛暉『沖縄現代史 新版』）のであるが、ベトナムから一時休暇で沖縄にきた帰休兵・「山男」たちやアメリカからきたての新米沖縄勤務兵たちで、Aサインバーは賑わっていた。そこで彼らは、やりたい放題で、暴力の限りをつくしたのである。

「ジョージが射殺した猪」は、しかし、ベトナムに向かう前の一時的な中継地での米兵たちの暴力を描くのが主点であったわけではない。そこで描き出そうとしたのは、仲間たちのように行動できない気の弱い男が、「沖縄人もジョンもジェイムズも誰もみさげる権利はない。許さんぞ。俺を無能あつかいする誰も」と心にいいきかせ、立入禁止区域の近くでスクラップ拾いをしている老人を射殺してしまうというものだった。

「俺は無力じゃない」ということを示すために、基地周辺で生活の糧を探しているさらなる「無力」のものに銃をむけてしまうところまで追いこまれてしまう兵士の無残さはいいようもない。

「ジョージが射殺した猪」は、米軍兵士たちの覆いようのない荒廃を描いていた。しかし、それだけであれば、これまで描かれてきた作品の多くに見られたもので、特別なものになっているとはいいがたいだろうが、それが、アメリカ兵の視点から描かれていた、ということになると別である。作品は、そこが、これまでのアメリカ兵の登場する物語とは一線を画するものになっていたのである。

七七年五月『新沖縄文学』35号は、「特集・沖縄の戦後文学」として、琉球大学教養部主催で行われた「沖縄戦後文学の出発―その思潮と状況―」の「講演と討議記録」を掲載していた。岡本恵徳《おかもとけいとく》の「戦後文学の展開」と題した基調報告をはじめとし、大城立裕の「文学初心のころ」、川満信一の「政治と文学のはざま」、中里友豪の「五〇年代後期の文学活動」、池田和の「初期の詩運動」、米須興文《こめすおきふみ》の「沖縄文学への提言」、「特別寄稿」として牧港篤三の「沖縄の戦後詩」そして岡本恵徳の司会になる「討議・沖縄の戦後文学と演劇」を収録していた。

講演会が企画されたのは、「このあたりで戦後の沖縄における文学活動を一度見直して」みたいということによっていた。敗戦から三〇年たっていたばかりでなく、異民族支配からの脱却を夢見て実現した「復帰」の騒乱も落ち着きを見せ始めていたこと、さらには「現在沖縄では小説をはじめ、非小説（詩、演劇）を含めてたいへん盛んになってきて」いるということがあってなされたものであった。

岡本の戦後文学の歩み、大城の戦後発表して来た諸作品について、川満の『琉大文学』時代の思想状況、中里の『琉大文学』の推移、池田の『珊瑚礁』同人たちの活動、米須の沖縄の文学が取り組んでこなかった点について、それぞれに自分の歩みを絡めてなされた発言に、これまでと特に異なるほどのものはなかったとはいえ、一度なされなければならない纏めであった。

「沖縄戦後文学の出発─その思潮と状況─」は、戦後文学の歩みを知るうえで便利なものとなっているが、「特集」がありがたいのは、「戦後初期短編小説選」として、太田良博「黒ダイヤ」、城龍吉《しろたつきち》「老翁記」、山田みどり「ふるさと」、亀谷千鶴子《かめやちづこ》「すみれ匂う」、冬山晃「帰郷」、泊之男（＝嘉陽安男）「春陽孤り」、国本稔《くにもとみのる》「紅い蟹」といった、太田の作品は別にして、それぞれに戦後設けられた懸賞小説に当選した諸作が一覧できるようになっていること、さらに、それぞれの作者が、作品の理解を助ける一助になる発表当時についての回想を寄せていることである。

「沖縄戦後文学の出発―その思潮と状況―」について不満を覚えるものがいるとすれば、間違いなく短歌や俳句の分野で活動していた人々であろう。そこには、両分野と関係する人々が見られない。短歌については討議に参加していた新川明が「九年母短歌会」があって、「当時のマスコミの世界でも一応文学をやっているということで知られている」と発言していて、ほんの少し触れていたが、俳句については、発言があったようには見えない。「文学史」は、往々にして小説中心になりがちであり、この本もご多分に漏れずそうなってているが、俳壇について触れるとすれば、七九年一〇月に刊行された小熊一人《おぐまかずんど》の『沖縄俳句歳時記』を上げておく必要があろう。それは、沖縄に関する最初の「俳句歳時記」で、一つの記念碑として見ることができるからである。「歳時記」から沖縄の俳人たちの存在とその句作がわかるだけでなく、そこには「琉球俳壇の一年」といった随想などが収められていて七八年の俳壇の状況等が分かるからである。例えば「生活に基づいた沖縄文化、亜熱帯海洋性の気候・風物の素材を生かそうとする努力が見られた一年だった。また百名を越す人々が名をつらねたという意欲のうかがえた一年だったたと思う。統計的にいえば、年間無欠詠者は畦呂人《うねろじん》・湧川新一・屋嘉部奈江・知念広径・山城光恵・島袋常星氏等で、北村伸治・端山閑城・大山虹石・村山青郷・山城青尚・久田幽明氏等が続き、新人の台頭がめだちはじめている」といったように俳壇の状況が一部だけだとはいえわかるものとなっているのである。

数田雨條が『おきなわ』に「沖縄俳壇の一角…風物詩風に…」と題して連載を始めたのは一九五三年十二月第三三号からである。数田はその（一）を「亜熱帯である沖縄は、風物一切が、虚子編歳時記では熱帯の部に入っている」と始め、自作をあげたあと「沖縄は春夏秋冬のけじめがはっきりしないので、取材に相当苦しむし、句作への刺激も一般に薄いので、作句努力は、日本本土に倍加する。しかしその反面、絶えずそれが俳人を鞭うつので、手綱を緩めておれず、一層の鍛錬になることは幸とすべきであろう」といい、さらに自作をあげ「沖縄的なローカルを出すのには、通用語（当地での）はそのまま使用して、効果をあげることも考えられる。それは後日、沖縄歳時記を編む場合に深い研究がなされると思う」と書いていた。

数田が、「後日、沖縄歳時記を」と書いてから、二三年余の年月がたっていた。数田が、「後日、沖縄歳時記を」とあえて「後日」を入れたのは、「歳時記」を編むほどに戦後の俳壇が活発ではなかったということがあろう。そのことを推測させるのに遠藤石村《えんどうせきそん》の「沖縄俳壇作品の鑑賞―沖縄俳人への注文―」（『おきなわ』三八号　一九五四年七月）があった。遠藤はそこで「沖縄俳壇が、誕生して日も浅く日本俳壇から刺激や影響を受けることも極めて薄い事情にある」といい、また「『おきなわ』誌上に於ける『沖縄俳壇の一角』三四号から三七号中に出ている俳句作品に目を通して、私はいささかがっかりした。いくら既述の断り書をしたとは言え、作品鑑賞の場合もそうそうお世辞ばかりも言っていられないのである。とにかく『沖縄俳壇の一角』に出て来る作品はそれ程低調だ」と書いているような状態だったのである。遠藤は、沖縄俳壇の「低調」を指摘するとともに、「沖縄俳壇の人々が郷土の風土の中から、特異な俳句的な味の発見に奔命となるならばいつかは立派な実を結ぶものと思われる。それには詩精神を以ての風土との体当たりが必要である。日本内地俳壇に於いて生産される作品の追試やその真似であっては日本俳壇に認められる句は到底得られるものではない」と、激励することも忘れてなかった。そして、論を結ぶにあたって「沖縄俳壇の作品で判断すると涼人、雨條外数人の有望な人々が見出される」とも書いていた。

遠藤は、一九五一年「自句自解と南方俳人待望」(『おきなわ』第十二号)の中で「私は沖縄からも有能な俳句作家が続々現れることを待望する。それはまた確かに可能なのである。而して若し彼らが現俳壇に新しい息吹を注入してくれることになったとしたらどんなに嬉しい事だろう」と述べていたが、三年後には涼人、雨條といった、名前をあげることのできる俳人たちが出てきていたのである。

10、一九八〇年代の文学

一九八一年四月、野ざらし延男編『沖縄俳句総集』が刊行される。沖縄俳壇は、先の『沖縄俳句歳時記』についで、大きな金字塔を打ち立てたといっていいだろう。

編者の野ざらしは、「まえがき」で「過去から現在まで、有名・無名を問わず、すべての俳人の作品収録に努め、三〇八名、一万句を越える収録にこぎつけた。とりわけ、物故俳人の作品収録については全力を投入し、資料集めに奔走した。物故者の大半は、歴史の彼方に消え去り、陽の当たる場所には位置してない。肉体の消滅と同時に作品も消滅している事実は、刊行本のない悲しさであり、同じ俳句の道を歩む者にとって心痛に堪えない。すべての作品は、社会の共有物であり、人類の共有財産である。この貴重な文化遺産である俳句を、時代の証言として、生命の声として、記録にとどめることが本集の主眼である」といい、「本集の特色は次の五点に要約できる」として、

一、戦前から現代まで一万句を越える作品を収録した沖縄俳句の総集である。

収録句集一〇、四七〇句・収録者数三〇八名

一、海外を含む全国規模の沖縄作品を収録した俳句集である。
県内―一七三名・六、四三七句。県外―八九名・二、三三〇句。海外―九名・三三三句、物故者―三七名・一、三八〇句。（前書を除外した作品実数）

一、沖縄俳句の万葉集である。
著名俳人の作品から無名俳人の作品まで定型・非定型・流派・所属を越えて網羅した俳句集である。

一、俳句でつづる時代の証言録である。
活躍中の俳人・過去活躍した俳人・物故俳人、それぞれの時代に各人が俳句で記した時代の証言録である。

一、貴重な資料を多面的に収録した俳句集である。
グラビアで「沖縄俳句アルバム」を設定し、〝沖縄の俳人たち〟〝沖縄に建立されている句碑〟〝俳書一覧〟〝俳誌一覧〟〝物故俳人筆跡（抄）〟〝なつかしの寄せ書き〟〝戦後の新聞俳壇〟を紹介。巻末にて「明治・大正・昭和―俳句の足跡」を復刻版形式でそれぞれの時代を再現した。「沖縄俳

句年表」を作成した。

を挙げていた。ここに掲げられた五点を見るだけで、同書が、俳壇の記念碑となる一冊であることがわかるであろう。

一九八〇年代は、沖縄文学に新しい波が押し寄せたといって過言ではない一〇年間であった。そのことをよく示すのが文学賞の受賞者たちの顔ぶれである。例えば九州芸術祭文学賞沖縄地区優秀賞の受賞者だが、八〇年「海はしる」の仲若直子《なかわかなおこ》、八一年「狂風」の崎《さき》山多美《やまたみ》、八二年「夜の凧上げ」の清原《きよはら》つる代《よ》、八三年「内海の風」の山里禎子《やまさとていこ》、八四年「東の間の夏」の仲原《なかはら》りつ子《こ》、八五年「龍観音」の山之端信子《やまのはのぶこ》、八六年「生年祝」の白石弥《しらいしや》生《よい》、八七年「やまたん川」の金城真悠《きんじょうまゆ》、八八年「水上往還」の崎山多美、八九年「犬盗人」の仲若直子といったように女性陣がしめていたし、新沖縄文学賞を見ると、八二年「母たち女たち」の仲村渠ハツ、八四年「虚空夜叉」の山之端信子、「嘉間良心中」の吉田《よしだ》スエ子《こ》、八五年「女綾織唄」の喜舎場直子《きしゃばなおこ》、八六年「若夏の来訪者」の白石弥生、八九年「新城マツの天使」の徳田友子《とくだともこ》、琉球新報短編小説賞をみると、八一年「約束」の仲村渠《なかんだかり》ハツ、八四年「鬼火」の山之端信子、八六年「迷心」の白石弥生、八七年「見舞い」の香葉村《かわむら》あすかといったようになるが、その他の文学賞受賞では八五年に田場美津子《たばみつこ》が「仮眠室」で第四回海燕新人賞、八八年には山里禎子が「ソウル・トリップ」で第六八回文学界新人賞を受賞していた。

八〇年から八九年までの県内文学賞の受賞者たちを見ていくだけで、女性の書き手たちの活躍がわかるが、さらにその印象を深くするものに琉球新報短編小説賞の第九回・八一年と第一三回・八五年の選考経過報告がある。前者は「四〇編の中から、本社が候補作を選考、次の六編をあげた」として作者名・作品名を挙げているが、その中五編を女性が占めていたし、後者では受賞作に該当するものはなかったがとして、佳作に宇久村泰子《うくむらやすこ》の「日没前」、喜舎場直子の「ジュリオの涙」、平みさおの「それぞれのキジムナー」の「三編が決まった」と書いていた。「新沖縄文学賞」の場合も「今回の『新沖縄文学賞』候補作の特徴といえば、書き手が女性ばかりであったという点にあろう」（牧港篤三「収穫の好短編二つ」『新沖縄文学』62号）といったように、女性の書き手たちが、選考の現場を賑わしていたのである。

岡本恵徳は、そのことに関しつとに「沖縄の一九八〇年代は、いわば女性作家の季節とも言うべき時期である」として、先にあげた書き手たちの名を挙げるとともに、戦後すぐに登場して来た女性の書き手たちがいなかったわけではないとしながら「一九五〇年代半ば以降、女性が作品を発表することは少なくなっていたのだが、一九八〇年代に入って、満を持していたかのように作品を発表するようになったのである」と指摘していた。そして「その理由は幾つか考えられる」として、新沖縄文学賞や琉球新報短編小説賞などの創設が大きな役割をはたしたこと、復帰後の社会が安定期を迎え、経済的にも余裕がでてきたこと、それにともなって、内外を冷静に見つめられるようになったことをあげたあと、「しかしその中で最も大きなものは、女性の社会的な位置が高まり、社会への進出が大きくなったことがあげられるだろう。その意味では、女性が社会の各方面で着実に力を伸ばし、活躍の場を拡げていったことと、創作活動の面で女性作家が輩出したこととは、多分パラレルの関係にあるといってよい」(『現代文学にみる沖縄の自画像』)と述べていた。

八〇年からの女性たちの活動を追っていくと、「男性優位性差別社会を改め、女も男ものびのびと生きる共生社会を指向しよう」との趣旨から、八〇年一一月の「八〇年沖縄女の会」の結成、八五年には「一個の人間としての尊厳を男たちと対等に持ち、ともに生きる新しい『うない』への道を開きたい」という思いをこめた「うないフェスティバル」を誕生させ、八七年には「ガイドの定年延長を要求して」沖縄バス労組が、二十四時間ストを決行するといったように、行動する女性たちの姿が見えて来る。

八〇年に入って、その口火を切ったのは「トートーメー問題」であったと言えるだろう。『琉球新報』に「トートーメー」をテーマにした連載が始まると、「この慣習に、日頃から疑問を抱きながらも声をあげられなかった女性たちは、それまでの不満を一気に吐き出すように、新聞に怒りをぶつけていった」（『那覇女性史（戦後編）なは・女のあしあと』）という。鹿野政直は「この問題こそ『男女不平等の最たるもの』として取りあげ、懇談会・シンポジウムなどを開催するとともに、テキストとして『トートーメーは女でも継げる』を刊行もしました。深く習俗に根ざしているだけに、このキャンペーンは旋風をまき起こし、女性に勇気を与えたものの、解決にはいたっていません」（『婦人・女性・おんなー女性史の問いー』）と書いていて、問題は残ったが、「女性に勇気を与えた」としていた。

八〇年代の女性の書き手たちの相次ぐ登場は、岡本の指摘にもみられるように、そのような沸き立つ運動が起こっていたことと関係していたに違いない。

「トートーメー」問題は、財産の行方と関わって極めて現実的な問題であった。それだけに議論が沸騰していったといっていいが、その問題は、経済的な問題を越えて魂のありどころと深く関係してもいたのである。

次の瞬間、明子の手には金造から奪い取ったマカトの位牌が握られる。位牌はその水の淵へ向けて大きく放られた。静かな水面に高く弧を描いた板切れが落ちて、波間に消えた。事の成行きをすぐには理解できずに、茫然とその方を睨んだまま立ち上がることも叶わぬ金造へ両手を広げた明子は、自分ではない者の意志によって言わされているという引き攣った声をあげた。

「これは、阿っ婆の気持なんだから。どんな供養よりも、こうするのが何よりの阿っ婆の希いなんだから」

我を取り戻した金造が艫にしがみつく。もうすっかり見えなくなった位牌を、なおも呼び寄せるように手招いている。今にも海へ飛び込んでしまいそうな金造の背に、明子は抱きついた。

崎山多美の「水上往還」の一節である。引用した個所は、島を抜け出して来た金造が、病をおして娘の明子とともに、一七年もの間島に放置されたままになっている「阿っ婆」の位牌を取りにいっての戻りの船の上で起こった出来事を記した個所である。「阿っ婆」

は一時、金三のところに身を寄せたが、すぐに島に戻り、間もなくして亡くなる。その時「阿っ婆」は、「中森のハツ」に遺骸も位牌も島のそとに持ち出してはならないと遺言していた。金造は、これまで「阿っ婆」を供養して来たハツにお願いして、簡単な儀式を執り行う。ハツは、「阿っ婆や許しおるどー」と「唱え言」が聞き入れられたことを伝える。

明子が帰りの船の上で行った行為は、「明子の瞳孔に瞑目する金造とその手に握られたマカトの位牌が重なって映ったその時、明子は金造の静かな瞑目の裏に企らまれた決意の全貌をはっきり悟った」ためであったといっていいが、その「企らまれた決意」が何なのかは明らかにされることはない。

明子が祖母の「位牌」を海に投げ捨てたのは、もちろん「阿っ婆の気持」「阿っ婆の希い」である、島から離れたくない、という思いをくみ取ったことにあるだろうが、そこにはあと一つ、ここで島と決別するといった明子の意志が示されていた。

「水上往還」は、「トートーメー」問題に触発されて書いたものであるとはいえないだろうが、「位牌」が、沖縄の人々にとって、生きる上での大きな重石になっていることを、鮮明に示していた、ということはできよう。

「水上往還」は、八七年度第一九回九州芸術祭文学賞を受賞、八八年度の芥川賞候補にあがったが、惜しくも受賞を逸した。

女性たちの文学で、特徴的なのが少なくとも二つあった。一つは「大和嫁」の登場である。

周子は復帰の四、五年前、信夫と東京で結婚していた。嫡子相続がいまでも根強い沖縄の慣習を、頑固に固執するトヨのたっての要請で沖縄に引き上げてきた。沖縄に来て周子が初めて降り立ったのがこの特殊な街であった。周子は何も知らされていなかった。騙された、というのが実感だった。あまりの環境の急変に、開けても暮れても東京でも信州でも飛んで帰りたい思いにかられて過ごす日々だった。だが、すでに周子のお腹には初めての子どもが胎動していた。

白石弥生の「生年祝」の一節である。周子が降り立った「特殊な街」は「ベトナム景気で沸き返っていた」コザ、そこでトヨは売春バアーを経営し、「濡れ手に粟の商売」をしていて得意顔であったが、「そんなトヨを異郷の地に住み始めたばかりの周子は、驚異と軽蔑と、憐憫と憎悪の混ざり合った不可解な思いでみつめていた」のである。

周子は、長男が四歳になった時、トヨと別居する。その際トヨが口にしたのが「あなたにもいろいろしてやったのに、その恩を忘れて出ていくわけ？　冷たい嫁であるサー。だからナイチャー《内地人》を貰うのはいやだって反対したさネ。信夫はパーマ屋のユキコが好きだって言ってたのに、あれ貰えばよかったサー」というものであった。

その後、周子と信夫は離婚、しかしトヨは「沖縄の習慣はネ、長男産んだらよそに嫁にいけるもんじゃないよ。いくら出て行っても、元の家の墓にはいるんだからネ」というのである。

そこには、沖縄の男の嫁になってきた「大和嫁」を驚愕させるに十分なものがあった。その商売についても、別居の際の悪口についても、そして離婚後の話についても、常識を失しているとしか思えないことが、沖縄の庶民感覚というものであったのだから。

沖縄に嫁いできたいわゆる「大和嫁」について書いた作品としては香葉村あすかの「見舞い」があった。そこには沖縄の人々ののほほんとした暮らしぶりに苛立ちながら、やがてそれが癒しを与えるものになっていくことに気づく「大和嫁」の姿が描かれていた。

一方は、沖縄の人間のめちゃくちゃさに嫌気がさして離婚した女性を、一方は、鷹揚なありかたにやがてなじんでいく女性を描いていたといっていいが、そのいずれにせよ、「大和嫁」は、「復帰」後、多くなったと思われる現象の一つであった。

あとの一つは、田場美津子の「仮眠室」が取り上げていた「堕胎」である。例えば山之端信子の「虚空夜叉」では、叔母から「堕ろしなさいよ」と言われたばかりでなく、「子供はいらないよ」と夫もつぶやくので「それからの玲子は身ごもるたびにひとりで病院に行き、こっそり始末してもらった」というように出てくる。みごもった子供をおろすのは、何も八〇年代になってから表れてきたことではないだろうが、それは女性の書き手が多くなったことで目立つようになったといえよう。

また仲若直子の「海はしる」に見られる「嫁にも行かずみごもった」女性や、喜舎場直子の「女綾織唄」に出て来る他県出身の「結婚詐欺男」の子を身ごもってしまった女性の場合もそうだが、女性が、自身の生き方を自分で決めるといったことが出来るようになったことの表れであろう。

女性作家の登場によって、大切な問題が沖縄文学に見られるようになったが、あと一つ、加えておくべきことがあった。吉田スエ子の「嘉間良心中」に見られるものである。米兵が振り向くこともなくなった年とった娼婦が、基地から逃亡した若い米兵を匿い、やがて行きどころを失い心中を計るといったものだが、この米兵を匿うといった行為は、これまでの米兵を扱った作品には見られないものであった。

長堂、濱岡獨《はまおかどく》の初期作品に見られたアメリカ兵の姿は、下川博の「ロスからの愛の手紙」以降、比嘉秀喜の「デブのボンゴに揺られて」を含めて、女の愛を裏切ることのない米兵、女の主張を受け入れて故郷に戻ることをやめてしまった米兵といったように大きく変化していくが、吉田の作品は、そこにさらに新しいかたちの関係を付け加えていたし、年とった娼婦の哀切さを、これほど見事に描ききった作品もなかった。

八〇年代は、女性の書き手の相次ぐ登場があってその陰になっているが、あと一つ学生作家の登場という、『琉大文学』以来と言っていい出来事があった。

八二年上原昇《うえはらのぼる》の「一九七〇年のギャングエイジ」に続き、八三年には目取真俊の「魚群記」が琉球新報短編小説賞を受賞、目取真はさらに八六年「平和通りと名付けられた街を歩いて」で新沖縄文学賞を受賞する。「平和通りと名付けられた街を歩いて」は、当時、まだ多くの人たちにとっては不案内であったといえる「心的外傷後ストレス障害」（ＰＴＳＤ）を抱える老女の必死の行動を描いた衝撃的な作品であった。

上原の作品に見られる地元の少年たちとアメリカの子供たちとの競い合い、目取真の「魚群記」に見られる少年たちの台湾女工たちへの関心は、ともに異邦人へ向いていく心のときめきを、鋭敏な感覚ですくいあげていて、感性の豊かさをいかんなく発揮したものとなっていた。

八九年には、八五年から八九年にかけて発表されて来た「ノロエステ鉄道」（ブラジル）、「南米ざくら」（ボリビア）、「はるかな地上絵」（ペルー）「ジュキアの霧」（ブラジル）、「パドリードに花束を」（アルゼンチン）を一冊にまとめ『ノロエステ鉄道』が刊行された。

大城立裕は、これらの作品の背景について「一九七八年に沖縄県沖縄史料編集所長として、県知事の特命で南米移民の史料を収集に行った。一世が元気なうちに集めておかなければ、ということであった。二か月を費やしたが、その出張の副産物がこれらの作品である。調査をしながら最も私を搏ったのは、明治から大正の時代にかけて移住した一世たちが、日本へ帰りたいけれども、子供たちが現地の国民として育ってしまった以上、もはやかなわぬ夢となった、と嘆いている姿である。それを共通テーマで小説にすることを考えた」と書いていた。

ブラジルへの移民が始まったのは一九〇八年、六月一八日サントスの港に入った笠戸丸に乗船していた沖縄人は三二四人。コーヒー農園に送られ、二年間の契約で就労したが、厳しい労働に耐えられず夜逃げがあいついだといわれる。一九四〇年までの総移民数一五、七一四人。南米で、最も多くの沖縄移民が渡って行った地である。

ペルーへの移民は、一九〇六年の一一一人にはじまる。一九四〇年までの移民総数一一、四六一人、ブラジルに次いで多くの移民が渡っていった地で、当初、サトウキビや綿花生産に励んだが、契約期間が切れると、その多くが街に移動し、雑貨店や茶店、理髪店を開き、ペルー人の反感を招いたともいう。

アルゼンチンへの移民は一九一三年の一四人に始まり、一九四〇年まで三、一五四人が渡っているが、都市近郊での蔬菜生産や花卉栽培、都市部で洗濯業を営んだ。

ボリビアへの戦前移民の総数は、三七人。

戦前の南米四か国への移民はそのようになっている（島袋伸三「南米移民の概要」『沖縄県史各論編5　近代』）が、沖縄移民は、戦前で終わったわけではない。一九五〇年八月三日にはアルゼンチン呼び寄せ移民一〇〇余人、七日にも同じくアルゼンチンへ一四三人が出発している。五四年二月一八日ブラジルへ二五人出発、六月一九日にはボリビアへの移民団二六九人が出発、七月一八日、後を追うようにしてボリビアへ一二九人が出発していた。

戦後もそのように、数多くの移民が南米に渡っていった経緯があり、県は、戦前移民をはじめ、戦後の移民がどうなっているか、調べる必要があるということになったのであろう。

「ノロエステ鉄道」は、兵隊逃れでブラジルに渡り、耕地に入ったが、あまりに過酷で逃亡、鉄道工事、カフィー工場と渡り歩いているうちに、帰国の夢も絶たれ、戦後は勝ち組のメンバーとして負け組征伐に奔走、そんな人生を送った夫に、「皇太子殿下から御褒美などと、畏れ多い話」だとして、最初、老女は断るが、思い直すというものである。「南米ざくら」は、嫁を貰う時反対したことでボリビアへ移民していった長男を、連れもどすために出かけるが、土地にすっかり根を据えて生きていることを、知らされる、というものである。「はるかな地上絵」は、「ナシカラー」「カラファーフ」という二つの言葉をめぐってペルーで生きた人の人生を探って行ったものであり、「ジュキアの霧」は、皇太子を迎えるのに基金が必要だという話を持ち掛けられた勝ち組の男が、高額の寄付をするが、その話は偽りであったというものであり、「パドリーノに花束を」は、「マルビナスの戦争（フォークランド紛争）」を背景に、揺れ動く移民たちの動向を書いたものであった。

『ノロエステ鉄道』は、南米移民の生活を書いたものであった。移民たちがどのような生活を送ってきたか、また送っているか、この本で知ったのも多いのではなかろうか。沖縄の移民たちについては、戦前宮城聰がハワイ移民について書いたのがあったが、この一冊はその意味で「移民文学」の中興の祖といえるものになっていた。

沖縄の人たちは、外国への移民だけでなく、日本内地への出稼ぎに出たのも多かった。大城の『ノロエステ鉄道』を「移民文学」と名付けることができれば、日本内地へ出て行った人々を描いた作品を名付けて「出稼ぎ文学」としておきたいが、八七年に刊行された津野創一《つのそういち》の『群れ星なみだ色』は、その一つといえるであろう。

『群れ星なみだ色』は、第七回小説推理新人賞を受賞した「手遅れの死」をはじめ、表題作の「群れ星なみだ色」「響け！パーランク」他三編が収められている。「手遅れの死」は、大阪に出て働いていた娘が、精神に異常をきたし島に戻ってきたことで起こった事件を、「群れ星なみだ色」は、大阪に出て来た娘の事件を、「響け！パーランクー」は、大阪に住む沖縄出身者を中心とする青年たちの打ち叩くパーランクーが、事件を起こした沖縄出身の男のかたくなな態度をやわらげていくといったものであった。いずれも大阪に出稼ぎにいった者たちを描いたものであった。津野の作品は、推理小説といった分野に属するのだろうが、そこには、いわゆる「沖縄のこころ」とされる沖縄の人たちの他人を思いやる気持ちが、貫流していて、心打つものがあった。

八〇年代最後の年の一一月には大城貞俊《おおしろさだとし》の労作『沖縄戦後詩人論』『沖縄戦後詩史』が刊行されていた。前者に取り上げられた詩人は二〇名、四〇年代活躍した詩人から八〇年代活躍した詩人までを個々に論じ、後者は、敗戦後の五年間を皮切りに、八〇年代までを五章に分け、沖縄戦後史の流れを鳥瞰したものである。この二冊によって、沖縄の戦後詩の様子が鮮明になったといえよう。

11、一九九〇年代の文学

一九九〇年代は、沖縄文学の総集、総括を志した時期だったように見える。その最初の表れが、一九九〇年七月から詩、短歌、俳句、歌謡（民謡）、小説、戯曲、紀行、随筆、証言・記録、評論、沖縄学、文学史の二〇巻におよぶ『沖縄文学全集』刊行の開始である。

沖縄文学全集編集委員会は「沖縄文学全集の刊行に際して」として次のような宣言をしていた。

日本列島の西南端に位置する南西諸島、奄美・沖縄・宮古・八重山の島々は、その特異な風土・地理のもとに、独自な歴史・文化を形成してきた。だが、それは多様性のなかの差異性としてあったから、中央志向が疑われず、単一言語・単一民族という画一的な日本（国家・文化）観が支配的であった時代には、無視され誤解されつづけてきた。琉球処分に始まり、沖縄戦、異民族支配、復帰（施政権返還）を体験した近代の歩みをふりかえってみるだけでも、本土とはまったく異質な相貌を呈していることは明らかであろう。

日琉同祖論的な視点から、民俗学の宝庫として、日本文化の根《ルーツ》として、もっぱら調査・研究の対象とされてきた沖縄は、柳田国男・折口信夫らの挑発に対する応答として、みずからを問いかえす伊波普猷らの〈沖縄学〉を生みだし、本土方言とならんで日本語を構成する琉球方言の、方言文化圏とも言うべき島嶼群の微細な諸相を浮彫にした。奄美・沖縄から、宮古、八重山を経て、波照間・与那国に至る文化圏は、島尾敏雄の卓抜な表現に従えば、ヤポネシアのなかの「琉球弧」である。

琉球弧の島々の、琉球方言による、無文字の口承として伝えられてきた豊富な歌謡群は、さきに完結した『南島歌謡大成』全五巻によって、ほぼ全貌をあらわし、その多彩さを示した。次に果たされるべき課題は、琉球弧の島々の、近代の、言語表現としての文学（作品）を集大成することでなければならない。

わたしたちは、だが、文学を狭く詩歌・小説・戯曲などの創作のみに限定せず、文学全集を広く表現の集成として考え、琉球弧の発信したメッセージ群を編集することによって、琉球弧の全容を表現しうるもの、琉球弧の近代の総体を捉えかえすことのできる表現体へ、組織だてていきたいと考えている。

ここには「琉球」から「沖縄」へと変わった以後の歩み、「沖縄」から「琉球」、「琉球」から「沖縄」へと変わって以後一九〇〇年現在までの沖縄の歩みとともに、なぜこのような「表現」の集成を行う必要があるかが明らかにされていた。

二〇巻におよぶ全集の企画は、それが完結した暁には確かに「琉球弧の近代の総体を捉えかえす」ものとなっていくはずである。そしてそのような強い動機をテコにした全集の発刊と並行するかのように、九一年には『沖縄近代文芸作品集』(新沖縄文学別冊'91)が刊行される。

『沖縄近代文芸作品集』は、一九一〇年から一九四三年の間に発表された作品三〇編を収録、「収録にあたっては、現在刊行中の『沖縄文学全集』(国書刊行会)の収録予定作品と、できるだけ重複しないよう配慮した」こと、「作品の選択は必ずしも厳密におこなったわけではない。現在収集できる作品を最大限網羅しようというのが編集方針であった。したがって、あくまでも資料的な意味で収録したもので、戦前の文芸作品を厳選したアンソロジーではないことを断っておきたい」と「編集後記」に記されているように、文学作品の準度とは関係なく、同時代の様相をよく語っていると思われるものが選ばれていた、と言えよう。

上里八蔵《うえざとはちぞう》「心の響」、上間常三郎《うえまつねさぶろう》「わからない」、平良盛吉《たいらせいきち》「村の先生」、山田有幹《やまだゆうかん》「黒い丸薬」、屋良朝陳《やらちょうちん》「夕映えの町」神山宗勲《かみやまそうくん》「燃え立つ心」他二編、石川文一「復讐」、宮里政光「山峡」といったこれまでほとんど知られることのなかった作者、作品が収録されていた。それぞれの作品は、青年たちに共有されていた「家」の問題、上京した青年たちを見舞った苦悩、作家を目指して逼迫した暮らしに耐えている姿、貧しい山村まで押し寄せて来た戦時体制の様子、といったのがひとまず描かれていた。確かに一〇年代から二〇年代にかけて発表された作品の多くは習作の域を出るものではない。とはいえ、視点のあてかたによっては、これから蘇ってくるのがあるかも知れない。

九二年には『沖縄短編小説集―「琉球新報短編小説賞」受賞作品―』が刊行された。これは『沖縄近代文芸作品集』と異なり、七三年から八七年までの受賞作品という、選りすぐりの作品一八編を収録したものであった。

収録作品を見ていくと、八二年の第一〇回受賞作品まで圧倒的にアメリカ兵との関係を描いた作品が多く見られるが、翌八三年以後の作品からは、それが消えている。復帰後一〇年の大きな変化の一つと言えるかも知れないが、そこにはもっと大きな理由があったのではないかと思われる。例えば、アメリカ兵たちが以前に比べて裕福ではなくなったということや、ベトナム戦争のような緊迫した事態がなくなった、というようなことがあるのかも知れない。アメリカ兵の引き起こす事件、事故が減ったとは言えないことからすると、不思議な感じがしないでもない。

アメリカ兵の登場する作品が後退し、より個人的な問題や家庭の問題を扱った作品が多くなっているが、そこには、これまで描かれてきた老人たちとは異なる老人たちを描いた、いわゆる老人問題を予測させる作品が出て来ていた。

あと一つ、第一回受賞作の「骨」に見られた収骨作業は、開発という問題が前面にあったとはいえ、戦争が大きな影を落としていた。その戦争が、二回目以後の受賞作から、かき消えてしまう。それは、戦争から四〇年近くたってしまったことによる風化現象の表れだということも出来よう。しかし、市町村では戦争体験談の編纂が相次いでいたことからすれば、それぞれが、どう戦争を描くかといった方法の問題で行き詰まっていたのではないかと思える。そこを突破したのが目取真俊であり、大城貞俊であった。

一九九四年には『ふるさと文学館』の一冊として「沖縄」が発刊される。「沖縄」の編集にあたって岡本恵徳は、収録作品を「第一部　魂の行方」、「第二部　『イクサ』と『カナアミ』」、「第三部　模索と試みと」、「第四部　こだわりの島」、「第五部　揺れ動くこころ」に区分し、第一部に九編、次いで一二編、一四編、一五編、九編を選択、第一部では、アイデンティティの問題を扱った作品、第二部には、戦中・戦後の生活を描いた作品、第三部では、新しい生き方、新しい表現へ向けての試みが見られる作品、第四部では、島で生きる可能性を探った作品、第五部では、同化と異化の問題を扱った作品を収めていた。

同書の特徴は、小説だけでなく随想、詩そして随想には県外出身者の作品も収録していることである。例えば第一部には石牟礼道子、三木卓、谷川健一の随想が収録されているが、県外出身者が沖縄とどう出合ったか、そこで何が起こったかということを知るうえで、貴重この上ないものになっている。

目をあけると眼前に、深沈と白髪の紳士がおられた。かたわらの青年がそのとき「ひめゆり」のという言葉を洩らしたのである。我が耳を疑ったが、精神の外皮が音もなく爆ぜ散るのを感じた。そして一瞬に、自分の思想のはじまったあの景色の中に、十八歳の自分がふっと坐ったのを感じた。何ということであろう。

眼前の方が、いま想念の中にある仲宗根政善先生であられるとは！

久高島に渡って、「仲宗根」と耳に聴き、沖縄に数ある姓という意識があって、まさかその方とは思いも及ばなかった。

そのおたたずまいの、あまりに深沈とした気配に連れられて、十八歳ごろの終戦の景色の中に沈みこんでいた。眼前のその人とは知らずに、姫百合の歌を思い浮かべていたのである。

ああ、いはまくら、心の中であのときのように絶句したまま、外皮をとられた精神がハレーションを起こし始めた。私の中を通って、あのものたちが、ふたたび行き交い始めた。

「神と村」、このようにしっくりとただしい言葉があるだろうか。言葉少ないこの書の方角にむけて、わたしも往きたい、往くであろうと思っている。

第一部に収められた石牟礼道子の「陽のかなしみ」の文末の言葉である。石牟礼は、十二年に一度行われるという祭り、しかも最後になるだろうといわれた祭りイザイホウに心惹かれて久高島へ渡る。そこで「いはまくら」の作者仲宗根を知ることになる。

石牟礼は、その半年前、新川明に案内されて「姫百合の塔」に詣でていた。そこで「素朴なセメントの小さな塔」に刻まれた歌の「上の句」の文字をみて「絶句」していたのである。島で思いがけず仲宗根に会い、ふたたび「絶句」する。

石牟礼を「十八歳ごろの」自分に向かわせ、さらに終末の自分に向かわせる、それは仲宗根を介して、沖縄が、与えたものにほかならない。沖縄との出会い方はさまざまだが、ここにその一つの典型を見ることができるだろう。

九六年五月、沖縄文学の集成が幾つか現れた時期を計ったかの如く、『岩波講座　日本文学史　第15巻　琉球文学、沖縄の文学』が刊行される。これまで、沖縄の文学が、日本文学史の中でその一冊を構成するかたちで扱われてきたことはない。

日本文学史のなかで沖縄の文学は、「琉球文学」の呼称で、琉球語表現になる文学を指し、明治以降の標準語表現になる文学については、特別に扱われることはなかった。ここではじめて「琉球文学」とともに標準語表現になる文学が並んで扱われることになったのであるが、それは「沖縄文学」ではなく「沖縄の文学」としているのである。

「沖縄文学」と「沖縄の文学」とは微妙に違う。琉球語表現になる文学は明確に「琉球文学」と呼べるが、標準語表現になる文学は、「沖縄文学」と呼ぶにはまだ熟していないというることで「沖縄の文学」と一応呼ぶことにしておく、といった微妙な問題がそこには見られるのである。

ヤポネシアを提唱した島尾敏雄は、一九七六年から多摩美術大学で、集中講義を行っているが、その講義録をまとめたのが二〇一七年になって『琉球文学』と題して刊行される。島尾はそこで「琉球文学とは、琉球方言で書かれた文学だと一応言っておきましょう」と述べていた。島尾の言からすると、一九七〇年代末頃まで、まだ琉球語になる文学をどう呼ぶか確定してなかったようにもみえるが、そこには、それなりの事情があったのである。

島尾は「最初にもいいましたように、『琉球文学』というのにちょっと抵抗がある。それで『沖縄文学』という使い方をする人とか、『南方文学』とかいいますが、ぼくはやっぱり奄美・宮古・八重山にもそれぞれの地方の方言で伝承された文学がありますから、そういうものを含めた場合に『沖縄文学』というと、実際に島々に踏み込んでみると沖縄本島のほうにより目が向いてしまうということがあって、思わしくないんじゃないかという気がしますね。しかし『沖縄文学』という言い方はなかなか消えません」と述べていて、琉球語表現になるものをふくめて「沖縄文学」と呼ぶのは不都合であり、「琉球文学」と呼んだ方がいいと、島尾は主張したのである。

島尾が、そこで「『琉球文学』というのにちょっと抵抗がある」といったのは、「沖縄にしても奄美にしても、つい先頃までは日本とはちがうという言い方は禁句」であったという事情、すなわち「日琉同祖」という考え方が圧倒的であったことから「琉球」を強調するような言い方は好まれなかった、ということを指してのもので、「琉球文学」を「沖縄文学」と呼んだりするというのは、表現手段の違いによるものではなかった。

『岩波講座　日本文学史　第15巻　琉球文学、沖縄の文学』の巻頭論文「琉球文学総論」で池宮正治《いけみやまさはる》は「琉球列島の琉球語による文学を一般に『琉球文学』という。しかし他に『沖縄文学』という言い方も広く行われている。だがこれでは奄美地方を包摂できないし、しかも現在の沖縄県全域を沖縄というようになったのは、明治以後それも一八七九年（明治一二年）の廃藩置県以後のことであって、したがって沖縄文学と言えば我々は暗黙のうちに、沖縄県の近代文学、なかでも普通語（標準語）による文学を指すものと考えている」と述べていた。池宮は、琉球語で表現された作品を「琉球文学」、共通語（標準語）で表現された作品を「沖縄文学」と考えているとしていたが、現今ではほぼ、そのような見方が定着しているといっていいだろう。

ついでに付け加えておけば、「琉球文学、沖縄の文学」といったように、表現手段の異なる文学を総称するさいには、「琉球弧の文学」といった呼称も可能ではないかと思う。

一九九〇年代は、「沖縄文学」の集成がなされていったことに大きな特徴があった。それは、「沖縄文学」の再検討ということによるものであったに違いない。九〇年代は、また、そのような沖縄文学の集成というだけにとどまらず、沖縄文学の収穫期とでもいえる時期であった。

「黒人街」で『新沖縄文学』創刊号に登場して以来、米兵たちを描くのに手腕を発揮して来た長堂英吉が、九〇年十一月号『新潮』に発表した「ランタナの花の咲く頃」で「第二二回新潮新人賞」を受賞する。

風俗業を渡り歩き借金だらけの女を「ノータリン」の男の嫁にと白羽の矢をたて、大金を出して結婚の約束をさせたのに、女は行方をくらましてしまう。訪ね廻りやっと探しあてるのだが、女は、黒人の男と一緒にいた。問いただすと、部屋賃がもったいないので、ここにいるといい、結婚の日取りはわかっているので、その日は必ずいくという。そこで、男の方は初婚だし、「花嫁御寮のお迎えは古くからのしきたりなので、これだけは」やらせてくれと頼むと、女はあきれて返事をしない。男の側は、その日の六時には迎えにくると言い残して女の部屋を後にする。

あたりはまだ明るかったが、車を降りると私は提灯を伸ばし、火を入れてミドリとユキエに持たせた。ふたりを先頭に姉、マカト婆さん、私の順にゆっくりと階段をあがっていった。細い廊下を一列になって進んだ。ドアの前まで来ると、言い合わせたように並んで立った。深呼吸をひとつした。祈るような気持ちで、さあ、と私は二人の〈提灯持ち〉に合図した。ミドリとユキエは大きくうなずくと、提灯をたかだかと頭上にかかげ、教わった通り、

「新婚《ミーユミ》のアヤーメータイ、御迎えさびら」

と叫んだ。姉の声が後ればせにその後を追った。その声は震え、ひときわ高かった。

「ハーイ」

ドアの中からトヨ子の声が聞こえた。打てば響く、といった弾んだ声だった。

果たして女は約束を守って部屋にいるか、男が「ノータリン」では逃げられても仕方がない、と「焦燥と疑心暗鬼のただ中で過ごし」てきただけに、祈るような気持ちで、迎えた当日である。

女は約束通り待っていただけでなく、「赤いワンピースに身を」包み、「まるでコイノボリそっくりに意気揚々と飾り」たてて現れ、「軽く私達に一礼すると、先に立って歩き出した」のである。

少々智慧の足りない男に嫁を迎えてやりたいという思いがやっとかなったことを書いたものだが、作品に流れる哀歓は、長堂ならではのものがあった。

九一年には、具志川市の一千万円懸賞小説募集が発表された。二月一三日付『沖縄タイムス』は、「1，000万円懸賞小説を募集　図書館建設関連事業　ふるさと創生資金活用」の見出しで、十二日、那覇市内のホテルで記者会見し、沖縄タイムス、朝日新聞の共催で、作品の全国公募、作品は、SFとミステリーを除いて、未発表のものであること、「海外からの応募も可能」だとし、審査には井上ひさし、大城立裕、吉村昭があたると報じた。その他に「入賞作品は朝日新聞社から単行本として刊行する」といったこと、原稿枚数のこと、作品のあらすじをつけること、そして「応募先は『ふるさと創生事業推進本部・市立図書館建設記念一千万円懸賞小説募集』事務局」であるといったことを付記していた。

九二年一月二二日には「一千万円懸賞小説　内外から216点応募」の見出しで、二月の募集開始以来、二一日までに到着した作品が、二百十六点、最終的にはさらに増えることが予測されること、「北海道から九州までほとんどの都道府県からの応募」があること、「このうち県内からは四十点。アメリカ、ボリビアなど国外在住者からも五点が寄せられた」こと、応募者の「年齢は四十―六十代を中心に幅広く、四十代がもっとも多い。三分の一近くは女性」と報じ、「今後六月中旬まで県内で一次選考を行い、二十点に絞って東京で二次選考。残った四作について十一月二十日、最終選考が行われる」と付け加えていた。

九二年十一月二八日付『沖縄タイムス』は、二五日に最終選考会が開かれ、大城貞俊の「椎の川」と蟹谷《かにや》勉《つとむ》の「死に至るノーサイド」の二編が選ばれたこと、「椎の川」について「風土と人物のとけ合いが淡々と書かれているのがいい」（大城立裕）、「大自然と人間がゆったりと生きていく生活を観察した好篇」（井上ひさし）、「質のいい文章。沖縄の風土がよく書かれている」（吉村昭）と評価する一方、井上、吉村両者ともに同作品の欠点として「静かな村を襲う戦争について書いた後半部分を指摘し、井上氏は後半がうまく書けていたら、最高傑作になった」と評したと、タイムスの記事は伝えていた。

「椎の川」は、前半と後半にわかれ、前半は一家の長男の嫁が「ナンブチ（ハンセン病）」になり、村の者たちから白眼視されるのをかばい、家での療養に長男をはじめ家族が精魂かたむける姿を描き、後半は、長男が、病気の妻や子供、そして両親を残し、出征、島の防衛にあたるが、敵の上陸と圧倒的な戦闘力の前になすすべなく、イカダで島を脱出してまもなく、激しい弾雨にさらされていく様子を描いていた。

山原の自然と、その中で生きる家族の愛情を詩情豊かに描き出した作品は、作者が県民であったこともあって、その受賞を喜ぶ声が大きかった。さらに「小説を書いてみたい、という気持が大きく膨らんだ」といった声もあったと報じられているように、県民に夢を与えた受賞であった。

九四年には「第六回日本ファンタジーノベル大賞」を受賞した作品に加筆した池上永一《いけがみえいいち》の『バガージマヌパナス』が刊行された。

八六歳で、島のユタになることを拒んで神罰を受けたオージャーガンマーと、一九歳の娘で、神からユタになれとの命を受け、逡巡しながら、結局はユタになる綾乃との「一心同体」ともいえる二人が、島の日常を攪乱する破天荒な物語である。その破天荒ぶりを示す二人の会話といえば、

つい先日はイギリスのウィンザー城が炎上したのをいいことに、綾乃がまたしても、

「エリザベス女王がウィンザー城が修復されるあいだ、復元したばかりの首里城に住む予定なんだって。それで近いうちにダイアナ妃と共にはるばるイギリスからサバニ（漁船）に乗ってやってくるって知ってた？」

とまことしやかにオージャーガンマーに吹き込んだばかりである。

「ジュンニナ（ほんと）。〝ちゃーるず〟は来ないのかい」

「チャールズ皇太子は万里の長城に住むらしいよ。これは国家機密だから他の人には絶対に言ってはいけないんだよ、オージャーガンマー」


一方、オージャーガンマーも騙されてばかりではなかった。

「私は昔、東シナ海を北に向かう、ロシアのバルチック艦隊に、手旗信号で〝カエレ〟と打信したことがある。その時は艦から直接〝ダスビダーニャ〟ともらったさぁ。すごいだろう、綾乃」

といったようなものである。

年齢差の大きい二人の間の会話も、これだけ底抜けになると、噴き出す以前に唖然とさせざるを得ないであろう。

選者の井上ひさしは「南島の年若いユタの誕生を描いたこの作品は、とにかく文章がよろしい。未整理なところはあるものの、文体に読者を誘いこまずにはおかない生き生きとした勢いがあって、さらに南の島の風や光や温度や色彩をしっかりと言語化してさえいる。それだけでも大手柄なのに、至るところに質のいい笑いが仕掛けられており、その伸び伸びとした笑いに誘われているうちに、読者はいつの間にか女主人公の魅力に降参せざるを得ないような塩梅式になっている。『書いてしあわせ、読んでしあわせ』とでも評すべき明朗闊達な快作、活字の列の間から心地よい南の風が吹き上がってくる」と評していた。

池上の作品の舞台は、九八年の『風車祭』にも引き継がれ、一層奔放さを増して、独特な歳時記を織り上げていく。異才の登場であった。

九五年には又吉栄喜の「豚の報い」が『文学界』十一月号に発表され、翌九六年第百十四回芥川賞を受賞する。作品は「豚に落とされた魂を求め、拝所に向かう途中なのに、平気で豚肉を食べて、下痢をして、というふうな話」と、又吉が「受賞のことば」で書いているように、バーに飛び込んできた豚に驚く女性たちを描くことから始め、驚くと落っこちてしまうという魂をもとにもどすための儀式、魂込めに島にわたるが、民宿で食べた豚にあたるという話と、漁に出て亡くなり、風葬したままになっている父親の改葬を考えて彼女たちを島に案内した若者の話とが重ねられたもので、又吉がこれまで発表して来た作品「ジョージが射殺した猪」や「ギンネム屋敷」（八〇年すばる文学賞受賞作品）等とは異なるものになっていた。

芥川賞選考委員は、「豚の報い」をそれぞれ次のように評していた。

沖縄というとすぐに戦争の傷跡とか、基地の問題とか、政治的状況下における沖縄県民とか、とかくポリティカルな面だけや、逆に土俗的な部分だけが浮きあがり、書き手も読み手も、そこから自由になれない傾向があったように思う。

しかし、又吉氏の筆はそれらをひとまたぎにして、沖縄という固有の風土で生きる庶民の息づかいや生命力を、ときに微細に、ときに野太く描きあげた。

読み終えて、私はなぜか一種の希望のようなものを感じた。負のカードばかり押しつけられてきた南の島で、屈しない人間の力が、静かに、遠慮深く、しかし自分らしくのびやかに動き出したかと思えたのである。（宮本輝）

沖縄の人が沖縄を扱った作品には、沖縄ゆえの理解を強要されているような気持ちを引き起こさせるものが多いのだが、『豚の報い』にはそういう気配が全くない。沖縄文学の一線をみごとに突破してしまった。大変な出来事だろう。

この受賞作には、恐らく民俗学的、宗教的、あるいは今日的な解釈があり得るだろうが、『豚の報い』の魅力はそういう解釈を置き去りにしてしまうようなところにある。作者はいっさいの顕示も思惑もなしに沖縄を溌剌と描いている。沖縄の自然と人々の魅力に衝たれて、自然というもの、人間というものを見直したい気持ちにさせる。作者の生きている感動が伝わってくる。沖縄を描いて沖縄を超えている。この作品を敢えて沖縄文学と呼ぶのは、むしろ非礼かもしれない。(河野多恵子)

日本における沖縄という風土の魅力と価値と意味はその非画一性にある。それはかつての戦争とか現存する外国軍隊の基地とかいった政治的な要因を超えた、真に、また純に文化的なもので、今日の総じて漂白されたような文明状況の中で、沖縄の魅力は文化なるものへの畏敬をさえ誘発する。

沖縄の人々がよく口にする、日本における自分たちと自分たち以外の人間たちへのウチナンチュ、ソトナンチュといった呼び方は、沖縄に発するいい意味でのリヴィジョニズムであって、県外に在る私たちもまたそれを冷静に敬意をもってリヴァイスするべきなのだ。

又吉栄喜の作品は沖縄の政治性を離れて文化としての沖縄の原点を踏まえて、小さくとも確固とした沖縄という一つの宇宙の存在を感じさせる作品である。主題が現代の出来事でありながら時間を逸脱した眩暈のようなものを感じるのは、いわば異質なる本質に触れさせられたからであって、風土の個性を負うた小説の成功の証しといえる。

私自身が冒した過ちだが、題名にある『豚』という言葉の持つ意味合いが、東京にあってと沖縄でとでは決定的に異なるということに往々私たちは気がつかない。

この題名に眉をひそめようと、豚はかの地にあっては高貴かつ高価のもののイメイジとしてとらえられる価値の習慣を、私たちは何をもって忌避することが出来ようか。実はこの題名における豚は、直喩（シミール）ではなくて暗喩（メタファ）

であるということを往々私たちは知り得ないのだ。（石原慎太郎）

私はすでに十数年来、「琉球新報」短編小説賞の選考委員をしている。これまでかつての凄惨な地上戦争による悲劇、神女《ユタ》を中心とする伝統的信仰がつくり出してきた独特の聖なる空間およびその衰退の不安が、候補作の主な題材だった。ところが昨秋、若い世代による質の高い新しい傾向の作品が幾つも現れて驚いた。過去を嘆き懐かしむ作品ではなく、未来を秘めた現実を大胆に描こうとした実験的な小説。

折から沖縄全体に高まった少女暴行事件への抗議運動、米軍基地反対運動と思い合わせ、イマ沖縄に一種自信のようなものが広く生まれていると私は感じた。アジア全体の熱気のたかまりともつながるかもしれない。

又吉氏の作品も、そのような沖縄全体のエネルギー水位の上昇とつながるものと私は読んだ。東京のいわゆる中心空洞化とは反対に。

作中の女性たちの描き方の陰影ある力強さ、おおらかに自然なユーモア、豚という沖縄では特別重要な動物を軸にした骨太の構成などはもちろんのことだが、私が目を見張ったのは伝統的な祭祀に対する若い男性主人公の態度である。迷いタメラッタ末、彼は父の遺骨を旧来の村落血縁共同体の墓に入れることを拒む。海に向かって美しく石化した漁師の父の骨を新しい聖所にする。「自分の神」として。

その作品を書いた作者のモチーフの核は、若い主人公のその反伝統的な精神のドラマだと思う。この作品は漠然と沖縄的なのではない。新しい沖縄の小説である。単に土着的ではない。自己革新の魂のヴェクトルを秘めた小説である。

その新しい聖なるものの探求のドラマは、女性たちの描き方に比べて十分に描ききれてはいない。それは当然のことで、この力ある作者のこれからの仕事だ。そのような深く重く普遍的な問題をみずからに課したことは、よい出発点だと思う。やみくもに孤独と空虚と現実感の喪失を訴えるだけでしかない小説は、時代遅れに見えかねないものをこの受賞作はもっている。（日野啓三）

又吉栄喜さんの「豚の報い」を推した。これはまずもって力に満ちた作品である。登場人物の一人一人が元気で、会話がはずみ、ストーリーの展開にも勢いがある。

ユーモラスである点も大事で、このように哄笑を誘う文学は日本には珍しい。それがそのまま沖縄という地の力であり、元気であり、勢いとユーモアなのだろう。又吉さんにはそれを汲み出す優れた釣瓶がある。全体としてみればこれは一つの御嶽の縁起譚だから、当然民話的な要素がたっぷり含まれているが、それが日常生活の場へそのまま通底しているのが沖縄という土地の二重性であり、力の源泉でもある。（池澤夏樹）

受賞作の「豚の報い」は時間がよく伸びて、節目節目で、笑いの果実をつけた、と言えるのではないか。（古井由吉）

ストーリーの運びに活気が漲り、人物の動きがどことなくユーモラスで、全体に大らかな空気が流れている—そういった候補作にこのところ出会うことが少なかっただけに、又吉栄喜氏の「豚の報い」に強い印象を与えられた。沖縄をはじめ南方の島々を舞台とする新人の小説には、土地特有の信仰にもたれかかって作品を形造る傾向がよく見られるが、「豚の報い」にはその種の重苦しさがなく、神と人とが対等に言葉を交すかの如き明るさと軽やかさが漂っている。いささか頼りないほどの信仰の素朴な在り方とそれを巡る表現が、かえって当の土地で今を生きる庶民の生活感覚を鮮やかに描き出した点が新鮮だった。ただ、作品の終りに近づくにつれて言葉が弛み、やや緊迫感が薄くなる点は気にかかる。（黒井千次）

又吉栄喜さんの「豚の報い」は前半は非常によかったが、後半は崩れている。生命力の奔騰を描いて読者を刺激し、さあこれからどうなるのかと期待させて置きながら、決着がうまくついていない。

霊的なもの、呪術的なものを滑稽小説でどうあつかうかという難問に逢着した結果、芸が乱れたのだろう。文章も後半は傷が目立って痛々しかった。しかし嘱望に価する新人だとは思う。（丸谷才一）

沖縄地方の作品によくあるあまりに難解な方言は適度に調整されている。その距離のとれた視点により、背後にあるウタキの森の影が黒々と浮かび上がらせる

力量は重層性のある文学世界を築いている。（大庭みな子）

又吉栄喜氏「豚の報い」は、物語を展開する技術が卓抜で、多様な女性像にも魅力がある。それを沖縄の女性像の独特さとして一般化できそうなのが強みで、この土地の現代生活によりそっている民俗的な古代もまた、今後の創作活動を支えるだろう。本当に書くべき小説に出合いえた人。しかし大城立裕氏がその古代を恣意的に作りなおすことなく、それでいてさらに深く現代とないあわせていられるのに学ぶ必要があると思う。（大江健三郎）

又吉栄喜氏の「豚の報い」には、いかにも沖縄らしい太陽と海の光を感じる。かつて又吉氏の作品に、文学賞の一票を投じた覚があり、今度の受賞に長い研鑽が報われて、めでたいが、しかし、私は「豚の報い」には幾つか抵抗があって、同じ票を投じえなかった。

まずそれは、御嶽《ウタキ》信仰は沖縄諸島で何百年も時代をつみ重ねたもので、そのための神女の存在も祭儀の伝統もあるはずだが、ラストで主人公が父の骨を前にして、ここに自分の御嶽を造ろう、ときめるのは、無理に思えた。作中でも「前代未聞」「ひとりよがり」と書いているように、御嶽を司るのはノロのような神女であり、かつて男はその聖域に入れなかった、とも聞いている。

また、その島には「風葬地がある」と言うから、父の骨が横たわっている海辺の岩場がそれであろうが、十二年もの長い年月に、別の風葬や横死の屍体もありうるわけで、最初から白骨を検証せず、父ときめてしまうのも不自然に思えた。沖縄の人は洗骨の風習のように、個々の骨をとくに大切にするのだから。

主人公の若者が、女三人に一様に誘惑めいた働きかけをうけるなど、全体に現実の重力より、作者の目ざす方向に話が走りすぎる欠点を感じる。（田久保英夫）

結局、又吉栄喜氏の「豚の報い」（なんと殺風景な題名だろう）が受賞作となったが、私はこの作者の、少々荒っぽいが読ませる力を認めるものの、沖縄の風土や習俗が適切に取り入れられているという点には賛成しかねた。この作品の主人公は、風葬された父親の骨を拾うという個人的な目的のために、御嶽へお参りして豚の厄落しをしたいと素朴に願っている女たちを利用するのである。沖縄の人々

は納得するだろうか。私には、沖縄文学として底の浅さが感じられてならなかった。(三浦哲郎)

芥川賞選考委員全員の「豚の報い」に関する評を長々と抜き出してきたのは、作品評とともに沖縄文学全般に関する知見―多様性、類型化そして希望等が披瀝されていると思えたからである。沖縄文学に対する、いわゆる外部の目を如実に知ることのできる絶好のものとなっているからである。

沖縄文学といえば、かつて芥川賞を受賞した大城や東の作品に見られたような米軍基地と関わって生活している人々が描かれた作品の系譜を一方に、あと一つは、崎山多美の「水上往還」(一九八八年第一〇〇回芥川賞候補作品)や「シマ籠る」(一九九一年第一〇二回芥川賞候補作品)、小浜清志《こはまきよし》の「後生橋」(一九九四年第一〇四回芥川賞候補作品)といった、芥川賞候補に挙がった作品にみられた、沖縄の習俗や伝統を支えにして書かれた作品といった、二つの大きな系譜があった。各委員は、そのことを十分に知っていて、選考評を書いていたといっていいだろう。

「豚の報い」は、言うまでもなく崎山や小浜の作品の系譜に属するものであったが、豚を介在にして描き出された聖と俗の世界は、沖縄文学の世界をより拡がりのあるものにしていった。

又吉栄喜の芥川賞受賞の余韻がさめやらないなかで、目取真俊の「水滴」が、一九九七年第一一七回上半期の芥川賞を受賞した。「また沖縄か、という人が少なくないだろう」(日野啓三)、「また沖縄か、と苦笑する委員がいらっしゃったが」(宮本輝)、「またしても沖縄というかんじだが」(石原慎太郎)といった言葉がもれたのも無理はないが、沖縄文学の水準は、それほどに高くなっていたのである。

「水滴」は、大城、東の基地と関わる人々の生活を描いた系譜の小説でもなく、また又吉、崎山、小浜の描いた習俗と関わる小説の系譜でもなく、あと一つの沖縄文学の系譜をなす沖縄戦と関わる出来事を描いた作品であった。

小説は二つの話からなる。一つは、戦場で、仲間を見捨てて生き残った男の話であり、あとの一つは、生き残った男の膨らんだ足の指先から滴り落ちる水滴に、不思議な効果があることがわかり、それを商売にする男の話である。

「水滴」は、戦場で仲間たちを見捨てたことによる罪悪感に悩まされる男の物語といったことだけにとどまらない。男は、小学校や修学旅行生を前にして戦場での体験を話すようになり、それで金を得るようになる。そのことを男の妻は、「嘘物言《ゆくしむぬ》いして戦場《いくさば》の哀れ事語てぃ銭儲《じんもう》けしよって、今に罰被《ばちかぶ》るよ」というのであるが、その言葉は、小説を超えて、体験談を重宝がる一種の体験談ブームを突きさす、鋭い言葉となっていった。「水滴」の大切な点は、そこにあったともいえよう。

「水滴」で芥川賞を受賞した翌九八年目取真は「軍鶏《タウチー》」(『文学界』一月号)、「魂込《まぶいぐみ》め」(『小説トリッパー』夏季号)、「ブラジルおじいの酒」(同、秋季号)、「内海」(『熊本日日新聞』一一月二一日〜二六日)といったような作品を精力的に発表していく。そして「魂込《まぶいぐみ》め」で第二六回川端康成賞、第四回木山捷平賞を受賞する。

「魂込め」は、アーマンが、男の口の中に入り込んでしまったのは、魂を落としたために他ならないと、魂込めを必死の思いで執り行うが、その効験もなく、男は死んでしまう、というものである。

「魂込め」には、魂込めに懸命になる話とともに、「ヤマトの企業が計画しているホテルの建設」に関わる話が出てくる。その構図は、嶋津与志の「骨」にも見られたように、沖縄をゆるがしはじめていくだけでなく、沖縄の最良の部分を消滅させていくものであった。

ウタは浜に立ち、あたりを見まわした。浜すう木の葉がかすかに揺れ、あだんの茂みでアーマンの這う音がしている。木麻黄の防潮林が黒い壁になって海と集落を隔て、浜にいるのはウタ一人だった。急に居たたまれないほどの寂しさに襲われて浜をおりると、ウタは足首を波で洗われながら歩いた。打ち寄せる波に海蛍が光っては消える。波はあたたかくやわらかだった。ウタは立ち止まり、海に向かい、手を合わせた。しかし、祈りはどこにも届かなかった。

「魂込め」は、子供のいないウタが、実の子のように可愛がってきた男の「魂込め」が出来なかったことを悔やむ場面で終わっていた。それは、ウタの敗北を意味していただけでなく、沖縄そのものの喪失を告げるものとなっていた。九八年『新潮』一〇月号に長堂英吉の「黄色軍艦」が発表され、翌九九年芸術選奨新人賞を受賞する。

「黄色軍艦」は、日清戦争期、日本派と清国派に分かれて帰属論争が起こるが、その一方の清国派の動きを書いたものである。清国派は、清国から「黄色軍艦」が派遣されてきて、沖縄を解放するという話を受け、その準備のため若者たちを集め訓練するが、結局、清国が負け、解散するというものである。

　国を奪われた廃王尚泰の必死の巻き返しであったか、官職と身分を一挙に奪われ、貧乏華族の一家扶に成り下がったかつての顕官の鬱憤であったか、あるいは伊野波、佐久本という二人の元閣僚がもくろみ、実ることのなかった〈立憲君主国・琉球〉という醒め際の悪い夢であったのか、真相は謎に包まれたままだ。が、はっきりしていることが一つだけはある、と平田は思う。

「伊野波親方も、佐久本親方も、一度ぐらいは、おれやおまえさんみたいに政府にひと泡吹かせてみたかったのさ」

　平田は瀬良垣に笑った。それからゆっくりと梶棒を腰に上げ、埃っぽい遊郭の通りを足取りも気怠げに引き返して行った。

「黄色軍艦」の最後の場面である。

「魂込め」も「黄色軍艦」も、その最後を、それぞれに望んだことが叶わなかったことを書いて結んでいた。一方は魂の問題を、他方は歴史的な問題を扱っていたという違いはあるが、ともに望みが叶えられなかったことを結びにしていた。偶然とはいえ、それは九〇年代の沖縄の状況をそれとなく示すものとなっていたように見える。沖縄が、八方ふさがりの状態になっていることを、これらの作品は現わしていたととれるのである。

作品そのものに即していえば、九〇年代は、その最後を飾るようにして川端康成賞と芸術選奨新人賞を受賞する作品が出てきたように、個々人が充実した作品を発表した時期であったが、沖縄の事態は、失望の色をますます濃くしていった時期であった。

12、二〇〇〇年代の文学

一九九九年は作品集の刊行そして作家個人にとっても大切な作品が発表された時期で、沖縄文学の一種の結実期ともいえた。それが世紀の終わりにあたっていたのは、これまた偶然であろうが、二〇〇〇年・二一世紀最初の一〇年も、相次いで実力のある作家たちの作品が発表され、その多彩さは、沖縄文学一〇〇年間の文学的営為の結実だと見なせるものとなっていた。

二〇〇〇年代最初の年の最初を飾ったのは、又吉栄喜の「陸蟹《おかがに》たちの行進」(『新潮』三月号)である。海浜を埋め立てて、火葬場を造らせたら、同敷地に老人ホームや診療所も造ってやるといった話が持ち込まれた集落のものたちの騒動を描いた作品を振り出しに、又吉は、同年六月には『海の微睡《まどろ》み』、二〇〇二年には『人骨展示館』、「巡査の首」、二〇〇三年二月には『鯨岩』、二〇〇七年には『夏休みの狩り』、二〇〇八年には『呼び寄せる島』、二〇〇九年には『漁師と歌姫』等を発表していた。

二〇〇二年九月『群像』に発表された「巡査の首」は、翌三年二月単行本になって発売されるが、戦前、台湾と思しき「垂下国」に渡った巡査が、同地で首を切られて葬られたことを巡る話で、海外が背景になった作品であった。又吉の作品に見られる島と島とを往来する物語が発展した形であるといえないこともないが、歴史に材を取った異色の作品となっていた。又吉の作品は、ゆったりとして、どこか関節がはずれているかたちになっているが、その背景には、大きな問題が見え隠れしているところに特徴がある。

二〇〇一年には先に「黄色軍艦」で、芸術選奨新人賞を受賞した長堂英吉が『海鳴り』を刊行する。『海鳴り』は八〇年代から九〇年代にかけて発表された作品三編とともに未発表書き下ろし作品として「ペリー艦隊殺人事件」を収録していた。作品は、題名からわかるように、那覇の港を根拠地にして、横浜に向かった艦隊の一行とは別に、留守を任された隊員の一人が、那覇の民家に押し入り、女性に暴行を加えようとしたところを周囲の人々に見つけられ、追われたあげく殺されてしまうというもので、時代が大きく変わっていく一時期に焦点をあてたものであった。

沖縄の歴史の特異さというのはいろいろとあるのだが、それは、長堂が立て続けに発表した「黄色軍艦」と「ペリー艦隊殺人事件」の二作だけでもある程度わかるはずである。

二〇〇〇年八月には、大城立裕が『水の盛装』を刊行していた。『レールの向こう』の刊行は二〇一五年だが、そこには〇三年に発表した「四十九日のアカバナー」、〇四年の「エントゥリアム」、〇五年「まだか」、〇六年の「天女の幽霊」が収録されていて、二〇〇〇年代に入ってもなお旺盛に創作していたことがわかる。大城は、表題になった「レールの向こう」で、川端康成賞を受賞しているが、〇四年に発表された「エントゥリアム」は、ハワイに移民した祖父を描いた好短編で、「ノロエステ鉄道」以来の「移民文学」となっていた。

二〇〇七年には、〇一年刊行した『真珠道』に〇五年発表した二篇、さらに書き下ろした三編を加え『花の幻—琉球組踊十番』を刊行していた。副題に見られる通り、琉球の伝統的な舞台芸術になる「組踊」に挑戦したもので、驚くべき出来事といえた。それぞれの演目について、「エッセイ」を付すとともに、「私のなかの琉球芸能—伝統と創造のはざまで」を付していて、大城が、「組踊」に挑んだ思いがよくわかるものとなっている。

目取真俊の『群蝶の木』が刊行されたのは二〇〇一年四月、その後〇六年には『虹の鳥』、〇九年には『眼の奥の森』といったように、そのどれをとっても忘れがたい作品を発表していた。表題になった「群蝶の木」に登場するゴゼイの胸を絞られるような生涯、「虹の鳥」に登場するカツヤとマユとの凄惨としか言いようのない関係、「目の奥の森」の盛治と小夜子との深い愛情をめぐる物語といったように、それこそ張り詰めた魂の共鳴音を聞くような物語が相次いで発表されていた。

又吉、目取真以前に芥川賞候補に挙げられながら二度とも逸した崎山多美は、〇六年から〇八年にかけて『スバル』に掲載した「孤島夢ドゥチュイムニ」他六編をまとめて二〇一七年『クジャ幻視行』を刊行していた。ずいぶん時間がたって出た一冊である。「クジャ」に生きる女性たちを描いた連作は、撮ろうとしても撮れるようなものではない、ゆらゆらと立ち現れて来る故郷を喪失した女たちの魂を描いていて、その独特な語り口と共に、崎山の独自な世界をかたちづくっていた。

二〇〇八年には大城貞俊が『G米軍野戦病院跡辺り』を刊行していた。表題作他三編を収録しているが、その中の一篇「ヌジファ」だけは他の沖縄戦と関わりのある物語ではなく、数多くの沖縄人たちが移民した南洋群島の一つパラオを舞台にしたものであった。

「ベラウの花」（山城達雄『監禁』二〇〇六年、所収）、「セカレーリア」（樹乃タルオ『二月の砂嘴へ』二〇一〇年、所収）等、南洋群島の島々を舞台にした作品もこの時期には現れていて、沖縄の「移民文学」にあと一つ、南洋を舞台にした作品が加わったのである。

二〇〇〇年代は、沖縄文学をリードして来た作家たちが、それぞれに大切な作品を発表して来た時期であるが、あと一つ、沖縄文学を鳥瞰し、その検討が試みられた時期でもあった。

一〇〇年間の沖縄文学について、一言で言い表すことは難しいが、その間の歩みがよくわかるものとなっている一冊が二〇〇三年五月に刊行されていた。岡本恵徳、高橋敏夫編『沖縄文学選　日本文学のエッジからの問い』（勉誠出版）である。

『沖縄文学選　日本文学のエッジからの問い』は、第一部「沖縄文学の近代」、第二部「アメリカ統治下の文学」、第三部「復帰後の沖縄文学」、第四部「沖縄文学の挑戦（90年代以降の沖縄文学）」からなり、それぞれの部に解説及び収録された作品の「作品解説」が付され、さらに「作家とコラム」、巻末付録として「沖縄文学文献案内」があり、この一冊で、沖縄文学のあらましがわかるようになっている。

このような一冊が編めたのは、「沖縄文学への関心の高まりとテキストの要望」（「おわりに」）があったことにもよるであろうが、あと一つには、それぞれの作品に関する「解説」が示しているように、沖縄文学についての研究者が輩出していることにもあろう。本書の「解説」にあたっているのは、国内の研究者だが、沖縄文学の研究者は、今や国内だけでなく、国外にも及んでいるのである。

「沖縄文学への関心」が高まってきたことをよく示すのに二〇〇二年四月号『すばる』に掲載された「座談会昭和文学史　原爆文学と沖縄文学」がある。林京子、松下博文、井上ひさし、小森陽一の四名による座談会は、表題に見られるように「昭和文学史」の一環としてなされたもので、「原爆文学」と並んで「沖縄の文学」ではなく「沖縄文学」があった。

最初に取り上げられたのは沖縄戦と関わって書かれた作品についてである。次に、「記録から文学」へとして大城の作品、「差別」の問題から知念正真の「人類館」、「沖縄文学の流れの中で新たな転換点」になったとして目取真俊の作品、「社会主義リアリズム小説の一つの到達点を示している」として霜多正次の「沖縄島」、「沖縄文学の多様性」として大城、東の芥川賞受賞作品から又吉栄喜の初期作品あたりまで及んでいた。

座談会は、沖縄文学が、大きな位置を占めるものになっていることを示していたが、二〇〇四年には、これまでさまざまに語られてきた沖縄文学について、「新沖縄文学賞」の選考に最初からあたってきた大城立裕が「『新沖縄文学賞』の三〇年」と題して、手作りの「新沖縄文学賞受賞・佳作作品分類」表を基に話していた。

大城の表は「土俗・故郷・カルチャーショック」「基地・都市」「家族」「歴史」「異郷」「愛」

「少年」「その他（自衛隊、青春、想像妊娠、ガン看護）」に分けられている。

大城は、「基地」から入り、「沖縄といえば米軍基地というのが強持しているが、それにたいする明確な抵抗意識を見るには、一九五〇年代から六〇年代にかけての『琉大文学』を見るとよい。それがこの三〇年には消えている」と指摘していた。基地反対闘争、具体的にいえば土地接収反対闘争や軍雇用員の待遇改革闘争等に材を取った作品が見られなくなっているというのである。基地があるゆえに起こる様々な問題について書かれた作品はあるにしても、確かに「基地反対闘争」を描いた作品は消えたように見える。

「基地」と関連して書かれた小説といえば、「基地」に寄り添うようにして生きる人々を描いた作品などがあって、「それだけの時間を過ごしたのだという証拠のようなもの」だという。

次に、基地の対局に「土俗」や「故郷」があるとして、「いとしさの思いが横溢している」作品から「故郷沖縄の現在への齒軋り」を書いた作品、さらには「開発で喪われようとする故郷」が書かれている作品を含め「土俗、故郷は応募作のなかで圧倒的に多く、受賞にもれた作品にもそれが多い。深みをもったテーマだけに関心が深く、そのわりには技術がついていけない、という場合が多いことも指摘しておきたい」と熟考を促していた。

また、六〇年代以降顕著になったものとして「家族」をとりあげた作品をあげ、「家族のありかたが変わりつつある時代で、それを垣間見せる作品が見られる。家族は、土俗、故郷という場で見れば、沖縄的な共同体とつながるものだが、当代は壊れる兆しをともなうものである」と時代の推移に伴う作品の変化を見ている。

大城は「この時代の沖縄には」としているだけだが、あげられている作品からすると、八〇年代以降をさしていて、「この時代の沖縄には、他県から移住する、あるいは旅行して来る者も多く、それにかかわる作品」があるが、その傾向は、「これから増えることが予想される」としている。そして「異文化交流は、外からの来訪者によることもあり、外へ出て行って体験することもある。最近は全国的にもそれは盛んであるようだが、沖縄では戦後復帰までの二七年間はいうまでもなく、その後もその延長で、異郷との交流が比較的に多かった」といい、そのことを書いた作品も多く見られるとした。

沖縄の作品は、そのように「社会的なかかわりで書いた作品が多いが、もっぱら人間の内面を照射した作品がないわけではない」として、「恋愛、性愛あるいはガン闘病の世界」を描いた作品、さらには「少年の世界」を印象的に描いた作品をあげていた。

さらに「沖縄ナショナリズムにつながるもの」として、「歴史」ものがあること、「歴史に翻弄されたという認識のゆえに歴史小説を書く人は多く、応募作は少なくなかった」という。

大城は「三〇年」間の沖縄文学賞受賞作および佳作作品について点検したあと、次のように述べていた。

「オキナワの少年」の方言会話があたえた衝撃は大きかった。ときあたかも復帰ショックで、沖縄土着にたいする危機感をもって意識されたことと重なってか、応募作にナマの方言会話が氾濫した。横行したとでも言いたいのは、それがかならずしも良い形で現れたとは言いがたいからである。多くが沖縄方言のオリジナルな感性を動機に書かれたのではなく、ヤマトグチで発想して、それをウチナーグチに翻訳するという、いわば飾りのように、土着への媚びのように書かれたのである。

大城が、「三〇年」を振り返って書いているこれらのことは、目新しいものではない。これまでも大城が繰り返し書いてきたことである。それを、あえて取り上げたのは、沖縄文学の要点が、このあたりにあることが確かだと思われるからである。

それにしても、この「ウチナーグチ」使用に関しての指摘は、山城正忠の「九年母」の方言使用にたいする伊波月城の批判を彷彿とさせるものがあった。「琉球語」「沖縄口」の問題が、いかに根深いものであるか、つくづくと思わざるを得ない。

大城は、最後にまとめの形で、「方言といい巫女といい、次第に淘汰されていった」こと、「女性の書き手が増えた」こと、そして「ことさらに『沖縄』にこだわらない作品がめずらしくなくなった時代」になったといったことを述べていた。

大城が述べているように確かに「沖縄」にこだわらない作品が「めずらしくなくなった時代」だろうが、沖縄にこだわらずに書かれた作品を「沖縄文学」と呼ぶことができるだろうか。

二〇〇〇年代の文学は、大城は別格として長堂英吉、又吉栄喜、崎山多美、目取真俊といった作家たちによってリードされている。そして彼らの作品を読む限り、そこには、沖縄でなければならないものが確固として横たわっているのである。

おわりに

一九九三年『新沖縄文学』が休刊した。沖縄で表現活動をしていた者たちにとってこれほど大きな痛手はなかったのではないかと思われる。それにも関わらず、頑張っているのは、かろうじて『沖縄文芸年鑑』が発刊されていること、「新沖縄文学賞」があり、「琉球新報短編小説賞」や「九州芸術祭文学賞」があるからだといえないこともないが、それ以上に、「個人誌」や「同人誌」を出し、お互いに切磋琢磨しているからではなかろうか。

そのことを目のあたりにさせるものがあった。二〇一四年発刊された『琉球・島之宝沖縄関係雑誌史料・発掘調査報告①』（うる文化協会）である。雑誌は「地域総覧」として八重山は砂川哲雄《すながわてつお》の「八重山ルネッサンスの伝統、脈々と」、宮古は宮川耕次《みやがわこうじ》の「文芸誌活動に見られる五つの〝波〟」、沖縄本島は大城貞俊の「一九七二年前後に誌紙の発刊ピークに」といった各島からの報告を置き、以下六五誌のそれぞれについて、関係者が紹介していた。

リストアップされたのが一〇五誌、最終的には六五誌の紹介にとどまっているが、それらを見ていくと、それぞれにいかに頑張ってきたかがよくわかる。そのような努力が、いわば沖縄文学の岩盤となって、数多くの作品を生んできたのである。それだけに、「個人誌」や「同人誌」の紹介を、「文学史」から落とすわけにはいかないのだが、そこまで手がまわらなかった。手が回らなかったのはそれだけではない。

『ブラジル沖縄県人移民史　笠戸丸から90年』や『コロニア・オキナワ入植50周年記念誌　ボリビアの大地に生きる沖縄移民　1954―2004』等に掲載されている作品、前者でいえば「くかと離りりは　俤じどまする　忘して忘しららん　故郷のくとや」（サント・アンドレ　和宇慶朝六）の琉歌や、後者の「ボリビアの空はひろいね　在りし日の姑は話してた　地平線から日はのぼり　地平線に日はしづむ　百八十度見える空」（以下2，3省略　金城フサエ）といったそれぞれの「記念誌」に収録されている文芸作品について、どこかで「移民者たちの表現」として紹介したいと思いながら、それもかなわなかった。

さらに付け加えていけばきりがないのだが、内外の沖縄の人たちの表現の総体を、そろそろ考えてみるべき時期にきているはずである。

本書は、『沖縄文学史素描』を出したあと、池宮紀子さんに勧められて、これまで書いてきたものを下敷きにしながら、仕上げたものである。池宮さんの言葉がなければ、できなかったことで、感謝するしだいである。

二〇一八年四月

仲程昌徳

【は行】

【ま行】

【や行】

【た行】

【な行】

人名索引

★は日本の文学関係者

仲程《なかほど》　昌徳《まさのり》

1943 年 8 月　南洋テニアン島カロリナスに生まれる。
1967 年 3 月　琉球大学文理学部国語国文学科卒業。
1974 年 3 月　法政大学大学院人文科学研究科
日本文学専攻修士課程修了。
1973 年 11 月　琉球大学法文学部文学科助手として採用され、
以後、2009 年 3 月に定年で退職するまで同大学で勤める。

【主要著書】

『山之口貘—詩とその軌跡』（法政大学出版局、1975）、『沖縄の戦記』（朝日新聞社、1982）、『沖縄近代詩史研究』（新泉社、1986）、『沖縄文学論の方法 —「ヤマト世」と「アメリカ世」のもとで』（新泉社、1987）、『伊波月城—琉球の文芸復興を夢みた熱情家』（リブロポート、1988）、『沖縄の文学—1927 年～ 1945 年』（沖縄タイムス社、1991）、『新青年たちの文学』（ニライ社、1994）、『アメリカのある風景—沖縄文学の一領域』（同、2008）、『小説の中の沖縄—本土誌で描かれた「沖縄」をめぐる物語』（沖縄タイムス社、2009）、『沖縄文学の諸相　戦後文学・方言詩・戯曲・琉歌・短歌』（ボーダーインク・以下同、2010）『沖縄系ハワイ移民たちの表現』（2012）、『「南洋紀行」の中の沖縄人たち』（2013）、『宮城聡—『改造』記者から作家へ』（2014）、『雑誌とその時代』（2015）、『沖縄の投稿者たち』（2016）、『もう一つの沖縄文学』（2017）、『沖縄文学史粗描』（2018）。

沖縄文学の一〇〇年

2018 年 10 月 10 日　初版第一刷発行

著　者　仲程昌徳
発行者　池宮紀子
発行所　（有）ボーダーインク
〒 902-0076　沖縄県那覇市与儀 226-3
電話 098-835-2777　ファクス 098-835-2840

印　刷　株式会社　近代美術

ISBN978-4-89982-351-3